Cats Prowl at Night

新編賈氏妙探

之8 黑夜中的貓群

賈德諾 Erle Stanley Gardner 著　周辛南 譯

目錄 Contents

Cats Prowl at Night

目錄 Contents

出版序言

關於「妙探奇案系列」

當代美國偵探小說的大師，毫無疑問，應屬以「梅森探案」系列轟動了世界文壇的賈德諾（E. Stanley Gardner）最具代表性。但事實上，「梅森探案」並不是賈氏最引以為傲的作品，因為賈氏本人曾一再強調：「妙探奇案系列」才是他以神來之筆創作的偵探小說巔峰成果。「妙探奇案系列」中的男女主角賴唐諾與柯白莎，委實是妙不可言的人物，極具趣味感、現代感與人性色彩；而每一本故事又都高潮迭起，絲絲入扣，讓人讀來愛不忍釋，堪稱是別開生面的偵探傑作。

任何人只要讀了「妙探奇案」系列其中的一本，無不急於想要找其他各本，以求得窺全貌。這不僅因為作者在每一本中都有出神入化的情節推演，而且也因為書中主角賴唐諾與柯白莎是如此可愛的人物，使人無法不把他們當作知心的、親近的朋友。「梅森探案」共有八十五部，篇幅浩繁，忙碌的現代讀者未必有暇遍覽全集。而「妙探奇案系列」共為廿九部，再加一部偵探創作，恰可構成一個完整而又連貫的「小全集」。每一部故事獨立，佈局迴異；但人物性格卻鮮明生動，層層發展，是最適合現代讀者品味的一個偵探系列。雖然，由於賈氏作品的背景係二次大戰後的美國，與當今年代已略有時間差異；但透過這一系列，讀者仍將猶如置身美國社會，飽覽美國的風土人情。

本社這次推出的「妙探奇案系列」，是依照撰寫的順序，有計劃的將賈氏廿九本作品全部出版，並加入一部偵探創作，目的在展示本系列的完整性與發展性。全系列包括：

①來勢洶洶 ②險中取勝 ③黃金的秘密 ④拉斯維加，錢來了 ⑤一翻兩瞪眼 ⑥變！失踪的女人 ⑦變色的色誘 ⑧黑夜中的貓群 ⑨約會的老地方 ⑩鑽石的殺機 ⑪給她點毒藥吃 ⑫都是勾搭惹的禍 ⑬億萬富翁的歧途 ⑭女人等不及了 ⑮曲線美與痴情郎 ⑯欺人太甚 ⑰見不得人的隱私 ⑱探險家的嬌妻 ⑲富貴險中求 ⑳女人豈是好惹的 ㉑寂寞的單身漢 ㉒躲在暗處的女人 ㉓財色之間 ㉔女秘書的秘密 ㉕老千計，狀元才 ㉖金屋藏嬌的煩惱 ㉗迷人的寡婦 ㉘巨款的誘惑 ㉙逼出來的真相 ㉚最後一張牌。

本系列作品的譯者周辛南為國內知名的醫師，業餘興趣是閱讀與蒐集各國文壇上高水準的偵探作品，對賈德諾的著作尤其鑽研深入，推崇備至。他的譯文生動活潑，俏皮切景，使人讀來猶如親歷其境，忍俊不禁，一掃既往偵探小說給人的冗長、沉悶之感。因此，名著名譯，交互輝映，給讀者帶來莫大的喜悅！

譯序

美國有史以來最好的偵探小說

周辛南

賈氏「妙探奇案系列」，（Bertha Cool—Donald Lanm Mystery）第一部《來勢洶洶》在美國出版的時候，作者用的筆名是「費爾」（A. A. Fair）。幾個月之後，引起了美國律師界、司法界極大的震動。因為作者大膽的在小說裡寫出了一個方法，顯示美國人在現行的美國法律下，可以在謀殺一個人之後，利用法律上的漏洞，使司法人員對他無計可施，只好讓他逍遙法外。

於是「妙探奇案系列」轟動了美國的出版界、讀書界和法律界，到處有人打聽這個「費爾」究竟是何方神聖？

作者終於曝光了，原來「費爾」就是名作家賈德諾的另一個筆名。史丹利．賈德諾（Erle Stanley Gardner）是美國當代最著名的作家之一。他本身是法學院畢業的律師，早期執業於舊金山，曾立志為在美國的少數民族作法律辯護，包括較早期的中國移民在內。律師生涯平淡無奇，倒是發表了幾篇以法律為背景的偵探短篇頗受歡迎。於是改寫長篇偵探推理小說，創造了一個五、六十年來全國家喻戶曉，全世界一半以上國家有譯本的主角——梅森律師。

由於「梅森探案」的成功，賈德諾索性放棄律師工作，專心寫作，終於成為美國有史以來第一個最出名的偵探推理作家，著作等身，已出版的一百多部小說，估計售出七億多冊，為他自己帶來巨大的財富，也給全世界喜好偵探、推理的讀者帶來無限樂趣。

賈德諾與英國最著名的偵探推理作家阿嘉沙．克莉絲蒂是同時代人物，都活到七十多歲，都是學有專長，一般常識非常豐富的專業偵探推理小說家。

賈德諾因為本身是律師，精通法律。當辯護律師的幾年又使他對法庭技巧嫻熟，所以除了早期的短篇小說外，他的長篇小說分為三個系列：

一、以律師派瑞．梅森為主角的「梅森探案」；

二、以地方檢察官Doug Selby為主角的「DA系列」；

三、以私家偵探柯白莎和賴唐諾為主角的「妙探奇案系列」；

以上三個系列中以地方檢察官為主角的共有九部。以私家偵探為主角的有二十九部，梅森探案有八十五部，其中三部為短篇。

梅森律師對美國人影響很大，有如當年英國的福爾摩斯。「梅森探案」的電視影集，台灣曾上過晚間電視節目，由「輪椅神探」同一主角演派瑞．梅森。

研究賈德諾著作過程中，任何人都會覺得應該先介紹他的「妙探奇案系列」。

讀者只要看上其中一本，無不急於找第二本來看，書中的主角是如此的活躍於紙上，印在每個讀者的心裡。每一部都是作者精心的佈局，根本不用科學儀器、秘密武器，但緊張處令人透不過氣來，全靠主角賴唐諾出奇好頭腦的推理能力，層層分析。而且，這個系列不像某些懸疑小說，線索很多，疑犯很多，讀者早已知道最不可能的人才是壞人，以致看到最後一章時，反而沒有興趣去看他長篇的解釋了。

美國書評家說：「賈德諾所創造的妙探奇案系列，是美國有史以來最好的偵探小說。單就一件事就十分難得——柯白莎和賴唐諾真是絕配！」

他們絕不是俊男美女配：

柯白莎：女，六十餘歲，一百六十五磅，依賴唐諾形容她像一捆用來做籬笆，帶刺的鐵絲網。

賴唐諾：不像想像中私家偵探體型，柯白莎說他掉在水裡撈起來，連衣服帶水不到一百三十磅。洛杉磯總局兇殺組宓警官叫他小不點。柯白莎叫法不同，她常說：「這小雜種沒有別的，他可真有頭腦。」

他們絕不是紳士淑女配：

柯白莎一點沒有淑女樣，她不講究衣著，講究舒服。她不在乎別人怎麼說，我行我素，也不在乎體重，不能不吃。她說話的時候離開淑女更遠，奇怪的詞彙層出不窮，會令淑女嚇一跳。她經常的口頭禪是：「她奶奶的。」

賴唐諾是法學院畢業，不務正業做私家偵探。靠精通法律常識，老在法律邊緣薄冰上溜來溜去。溜得合夥人怕怕，警察恨恨。他的優點是從不說謊，對當事人永遠忠心。

他們也不是志同道合的配合，白莎一直對賴唐諾恨得牙癢癢的。

他們很多地方看法是完全相反的，例如對經濟金錢的看法，對女人——尤其美女的看法，對女秘書的看法——

但是他們還是絕配！

賈氏「妙探奇案系列」，為筆者在美多年收集，並窮三年時間全部譯出，全套共三十冊，希望能讓喜歡推理小說的讀者看個過癮。

第一章　賠款

柯白莎把自己一百六十五磅的肥軀從辦公迴轉椅子上撐起，繞過巨大的辦公桌，猛力拉開她的私人辦公室門。

外面接待室裡卜愛茜小姐的打字聲，機關槍樣，噠噠地響起。柯白莎站在門口，等候愛茜的工作告一段落。

卜愛茜用很快的速度打完在打的一封信，把打好的信紙自滾筒上抽下，低下半身自抽屜中拿出一個信封，正要把地址打上，她看到在門口站著的白莎。

「柯太太，有什麼事嗎？」

「你在打什麼？」

「給律師們的信呀。」

「算了。」

「你是說不發信了？」

「不發了。」

「但是——我想——我——」

「我知道你會的。」柯白莎道：「我也這樣想。其實我們錯了。這些律師都是專打人體傷害官司出名的。我想我們可以發信給他們兜攬一些生意——也許有找不到的證人或什麼的。」

卜愛茜說：「就是如此呀，我認為這是一個很好的概念。這可以使你先期聯絡到那些賺大錢的可能雇主，而且……」

「就因為如此。」白莎打斷她話道：「我已經討厭賺大錢了。不是討厭錢，」白莎趕緊加一句說：「而是討厭跟了賺錢而來的緊張、興奮、高血壓那一類事。

「我事實上根本沒有習慣來處理大案子。我一直就是開一個小小，賺小錢的偵探社。辦理一些別的偵探社不要辦的案子。離婚呀什麼的。而後賴唐諾這小子來到這裡，要我給他工作做，又硬把自己從夥計變成合夥人。他來這裡工作不到三十分鐘，這裡的工作性質都變了。我的收入當然加多了，我的血壓也加高了。每到年底，政府要收去我收入的百分之五十做所得稅，但是沒有人能把我血壓減去一半……真是去他的。現在賴唐諾愜意地到歐洲去渡假。我要用我自己的方式來管理這裡的事業。」

卜愛茜不吭氣，靜靜地打開一只抽屜，把白莎自法庭紀錄裡挑選出來律師的名單投進去。拿起約有兩吋厚的一堆信，問道：「已經打好字的信件怎麼樣？不寄了嗎？」

白莎說：「撕掉它，拋到廢紙簍……不，等一下，老天，這些信也是錢——信紙、信封、打字機折舊……好了，愛茜，我們用它。拿過來，我來簽字——不過我們不需要再打了。」

白莎轉身，邁進她私人辦公室，把多肌肉的巨大肥軀坐進她的迴轉辦公椅，用手臂清理出面前桌上一塊空地，可以把愛茜拿過來的信放在上面簽字。

卜愛茜把信件放在她面前桌上，站在柯太太身邊，柯太太每簽一封信，愛茜用半圓形的吸墨水紙把墨水吸乾。她的身體不斷一下一下彎下來，眼光掃過開著的門，半注視著外間的接待室。然後突然她說：「有個男人才進了接待室。」

「什麼樣的男人？」白莎道：「可惡，這張簽壞了，我就是心不能二用。」

卜愛茜道：「我去看看他來做什麼的。」

「可以，把門關上。」

愛茜進入接待室，把白莎私人辦公室的門自身後關上。柯白莎繼續簽她的名，自己用吸墨水紙印乾墨跡，不時向通接待室的門瞅上一眼。

快要簽完所有信的時候，卜愛茜再次進來，把門又小心地關上。

「是什麼人？」白莎問。

「一個姓北的，叫北富德。」

「他要什麼？」

「賴唐諾。」

「告訴他唐諾去歐洲了嗎？」

「是的，我還告訴他，你是唐諾的合夥人。也告訴他，你可以馬上接見他。但是，見不到唐諾他很失望。」

「他是怎樣的一個人？」

「大概三十五歲，個子高，顴骨高，頭髮有點紅。眼睛長得很好，只是很擔心的樣子。他是個推銷工程師。」

「有錢？」

「應該是有一點的——看起來他混得很好。」

「多不多？」

「中等度——大衣料子很好。」

「好吧。」白莎說：「弄他進來。我來看看他想要做什麼。假如他是唐諾的爛朋友，一定是賭鬼。他也許——你站在那裡瞪著我幹什麼？」

「我在等你講完。」

「少來禮貌這一套。當一個有錢又可能是雇主的人在等我們，不要讓禮貌害了我們的效率。去把他帶進來。」

卜愛茜快快地把門打開道：「我們社裡的資深合夥人，柯太太，現在就可以給你幾分鐘時間，請先生裡面來。」

白莎再次把精力集中在手上信紙的簽名工作。簽完最後一張信紙，把墨跡印乾，她抬起頭來。不過看的方向是對愛茜的。

「愛茜，把這些信投郵。」

「是的，柯太太。」

「不要忘了，每個信封上要加蓋『機密』和『親啟』。」

「是的，柯太太。」

白莎把眼光掃過來，看向那高個子男人。「你姓北？」

他把嘴拉寬，露出笑容。「是的，柯太太。」他把手伸出來伸過桌子。「我姓北，叫北富德。」

白莎不很熱心地伸一隻手給他。「你要見的賴唐諾，他現在在歐洲，是在度假。」

「你的秘書告訴我了，真是傷腦筋。」

「你認識唐諾？」

「只是久聞大名。一個曾經給過工作給唐諾去做的朋友，告訴過我。說他是他見過最最聰明的小個子。說他腦子靈，動作快，又有勇氣。他用的是口述一般的形容方法，但是給我對賴先生的印象卻是十分深刻的。」

「他說些什麼？」

「他說的比較粗，女士在座，我不能重複。我——」白莎激動地說。

「你認為世界上還有粗話我沒有聽到過嗎？」

「倒也不是，不過他大致說唐諾又有腦子，又有膽。」

「嘿！」白莎說，過了一下又激怒地加上一句：「怎麼樣，他目前不在美國，要不要把一切告訴我？」

「你是他合夥人？」

「是的。」

北富德仔細看她，好像她是一輛待賣的汽車。

白莎生氣地道：「老兄，我們又不是在相親，你有什麼話就快講——要是不想講，就早點滾，我還可以繼續做我的事。」

「我以前從來不會考慮雇用女的私家偵探的。」

「好，那就不必為我考慮。」

白莎伸手去拿電話。

「不過你給我的印象是只重效果，不重外表的。」

「由你自己決定。」

「柯太太，你做不做事成才付款的案子？」

「不做。」白莎的回答非常簡短。

北先生在椅子裡不舒服地動了一下。

「柯太太，我是一個推銷工程師，最近開銷太大，而──」

「推銷工程師是幹什麼的？」白莎打斷他說話問。

他說：「名字好聽，其實是個推銷設計人，吃不飽，餓不死，每月等發薪，還不准討論加薪。」

「原來如此，你有什麼困難？」

北富德又一次不太自在。「柯太太，我碰到了非常尷尬的情況，我都不知道怎麼辦才好，也不知道該去找什麼人。我連──」

「不必訴說你自己的困難。」白莎再次打斷他的話題。「很多到這裡來的人，浪費時間在訴說自己精神上的發展。不必了，有什麼就說什麼好了。」

「柯太太，你做不做代客收帳的工作？」

「收什麼帳？」

「呆帳──法院裁定賠款──等等。」

「不幹。」

「為什麼？」

「沒有錢好賺。」

北先生再次在椅子中移動一下。「假如我可以確定的告訴你，什麼地方有一筆兩萬元的賠款可以去收，保證你自參加日起可以支工作費，另加在收到後，可以拿獎金，又如何？」

白莎眼光顯出動心的樣子。「這兩萬元賠款是該由什麼人來付呢？」她問。

北先生說。「我們這樣說好了。甲有裁定賠款，應由乙負擔。但是乙，因某種原因，裁定對他不生影響。於是丙得到了——」

白莎舉起右手。「不必來甲乙丙這一套。我對甲乙丙這些玩意兒沒興趣，自從在小學唸書就怕甲乙丙。你要說什麼就別兜圈子，要直說。」

北富德說：「柯太太，直說是非常困難的。」

「那麼你根本不是一個推銷員。」

他神經質地笑道：「我要你去收一筆賠款，數目是兩萬元。你不可能全部收到，但是收到多少，你就抽其中的百分之多少——」

「賠款向什麼人去收？」白莎打斷地說。

「我。」

「你的意思是你來聘請我，向你自己去收賠款？」

「是的。」

「我不懂。」

「賠款賠不到我頭上，法院裁定對我不生影響的。」

柯白莎用憤怒的語氣說：「我懂了。你要我向你收一筆賠款，因為你根本不必付賠款的……沒問題，這是一件普通工作，我們每天辦好幾件的。」

北先生抱歉地微笑一下。「柯太太，你不明白，一年之前市場不景氣，貨品滯銷，好的推銷員有一次極好的賺錢機會。」

「你賺錢了？」

「少少的賺了一票。」

「現在在哪裡留到？」

「通通在我太太名下。」

白莎把眼皮搧了兩下，這是她真真對某件事有興趣時的習慣動作。她用眼光盯向北富德，好像收集昆蟲的人，用一隻針釘住一隻昆蟲一樣。她加重語氣地說：「我想，我現在真的懂了。不過你既然開了頭，你就說下去，我要你講的是本來不想告訴我的事。」

北富德道：「我有過一個合夥人，巧得很他姓南，叫做南喬其。我們處得不十分好。我認為他老占我便宜。其實即使是現在我仍相信當初他曾占過我便宜，一直想占我便宜的。那時他主內，我管外務。不幸的是我捉不到他證據，所以我決定用自己的方法來整他。南是個聰明人，他請了律師，和我打官司。他確有證據對付我。我卻沒有證據對付他。法庭裁決賠款兩萬元。」

「那個時候，背運來到，我推銷工作賺不到一分錢。不是我不努力，而是怎麼努力也做不成生意。因為沒有收入，我把我所有財產轉移給我太太。每一件都變成了她的名下。」

「南先生有沒有想辦法不准你轉移？」

「當然。他申告這種轉移是詐欺債權人的行為。」

「你什麼時候轉移的財產？在裁定之後嗎？」

「喔，不是的，這一點我比他聰明多。不過，柯太太，假如——即使現在他有證據捉住我這次的財產轉移，目的是為了欺騙他這個債權人，我的立場還是非常——我們對這一點不再討論。反正，一句話，我的財產現在都在老婆名下，法律上說起來，都是她的。」

「在法庭程序上，她也一定要宣誓，證明這些都是她獨有，而且是夫妻分開的財產才行。」白莎說。

「是的。」

「算是你送給她的？」

「是的。」

「你怎樣宣誓作證呢？」

「和她一樣。」

「法官怎樣辦？」

「判決我從事的是收入不定的職業，有時收入多，有時長期無收入，所以我不但有權，而且應該對家庭負責，因此我這一次特別的轉移，是保障我太太生活的。」北先生笑笑道：「判決得很不錯。」

白莎沒有笑，她問：「有多少錢？」

「兩萬元加利息和——」

「不是問你判決賠款，問你財產？」

「你說轉移給太太名下的財產？」

「是的。」

「是——一筆相當大的數目。」

「我查法庭記錄還不是可以查到的。」

「大概超過六萬元。」

「你和她處得如何？」

白莎的問題顯然戳到了癢處。北富德把自己改變了一個坐姿。「現在這也是我的困擾之一。」

「怎麼回事？」

「其實也沒有什麼——丈母娘管得太多吧。」

「丈母娘住哪裡？」

「舊金山。」

「是什麼太太呢？」

「谷太太，谷泰麗太太。」

「有其他子女嗎？」

「一個女兒，佳露——是個寵壞了的小鬼。她住在這裡，洛杉磯。她做秘書工作，經常換老闆。過去幾個月她一直和我們住在一起。」

「和你太太是同胞姐妹嗎？」

「老實說，柯太太，佳露和我太太一點親戚關係也沒有。」

白莎等他解釋這種關係。

「她在年幼的時候就被收養。她自己一直不知道。直到最近的一兩個月，才明白了。」

「比你太太小嗎？」

「比我太太年輕很多。」

「她知道自己是領養的，又如何？」

「她想找到她自己的親生父母。」

「從哪裡去找？」

「從谷太太和從我太太那裡去找。」

「她們知道嗎？」

「我想是知道的。」

「但是她們不肯告訴她？」

「不肯。」

「為什麼？」

「她們認為會——她們認為保持原狀比較好一點。」

「佳露幾歲了？」

「二十三歲。」

「你太太呢？」

「三十歲。不過柯太太，我要和你討論的是那裁定。其他的這些事，只是——」

北先生抱歉地說：「柯太太，只是偶發又無關的。」

「管他是不是偶發的，是我故意問的。」

「是的，是你把這些牽進來的。」

「你想和南先生把這件案子妥協？」

「是的。」

「為什麼？」

「可以把這件事整個拋開。」

「也是想重新控制家裡的經濟大權？」

「這——這一點倒不是原因。主要還是為丈母娘。」

「跟她有什麼關係？」

「關係很多。」

「丈母娘不肯讓你拿回去？」

北富德不安地扭動著。「柯太太，你真是不管我窘不窘，有話就說。我本來沒有準備把這些都告訴你的。」

「你準備告訴我什麼呢？」

「簡單點說。南喬其出了紕漏了。他在另外一個機構捲了點鈔票，這一次他不夠聰明，也許是以前我太笨，反正這次他被人逮個正著。」

「這跟你又有什麼相關？」

「南先生一定要有兩千五百元，否則他要進監獄。他還必須要在二、三天之內有這筆錢。」

「你要我去找他？」白莎問。

「是的。」

「把一筆現鈔在他鼻子前幌來幌去？」

「是的。」

「迫他把賠款的事妥協了？」

「是的。」

「你想他會為了兩千五百元，把一筆兩萬元，法院裁定的賠款妥協掉？」

「我確定他會的。」

「那你為什麼不自己打個電話過去找他談一談？」

「柯太太，這就是我自己做起來有困難的地方。」

「什麼困難？」

「理論上，我是不該有鈔票的人。你懂嗎？假如我出面去談妥協，等於我自己承認我有鈔票。我的律師警告過我這一點。我是一個破產的人。」

「你是嗎？」

「是的。」

「為什麼不叫你太太出面辦妥協呢？」

北先生用手指猛摸下巴兩側的皮肉。「柯太太，你要知道，還有些私人的關係。」

「我不知道。」白莎乾脆地說：「不過對我沒用處的事，我從不追究。你想要我怎麼進行？」

「要你辦的事，我已經擬妥劇本了。」

「你不必為我擬什麼劇本，」白莎說：「你告訴我的事，我都已經忘記了。法院裁定賠款最討厭的是債務人很容易就脫鉤了。由我來告訴他，我可以給他兩千五百元——條件是他放棄向你追那兩萬元的話，怎麼說他也會感到讓你跑掉得太容易了。不過，假如我去告訴他，我要逼你拿出五千元來，其中兩千五百元我留到，兩千五給他解決當前難題，這樣他感覺上像話一點，好像會容易接受。至少他想你付了四分之一的賠款。」

北先生眼睛發亮。「真是個好主意。柯太太，好主意。我現在知道你有經驗，有洞察力。」

白莎對他的讚揚話根本沒有生什麼反應。她移動一下位置，她坐下的椅子也吱咯地響著。她把眼光直射坐在她客戶椅上的男人。

「現在，」她說：「我們應該討論一下，這裡面有多少我的好處？」

第二章　冷靜處理方式

南喬其的秘書，用一種新出道人員所獨有的不能作主怕會弄錯的態度，看向白莎。

她問道：「你和南先生約好要來的嗎？」

白莎老練地怒目看她，目的只是把她退到守勢的地位。然後對她說：「你去告訴南先生。有一位柯太太要見他，為的是替他把收不到的呆帳變成有用的現鈔。把我的名片給他。告訴他我不是白工作的，但是沒有成效我也不收錢的。你懂了嗎？」

女孩看看名片，問道：「你是柯太太嗎？」

「正是。」

「私家偵探？」

「正是。」

「等一下。」

女秘書幾秒鐘就自後面辦公室出來。「南先生現在可以見你。」她說。

白莎邁過女秘書替她開著的門。坐在辦公桌後的男人並沒有把頭抬起來。他在一封信上簽字，用吸墨水紙把墨水跡印乾，打開一只抽屜，把信拋進抽屜去，拿出一本日帳簿，打開簿子，拿起在桌上的筆，記起帳來。他每一個動作有板有眼，不慌不忙，動作與動作間沒有急促的感覺。有如行水流雲，一氣呵成。

白莎好奇地看著他。

一分鐘之後，他用吸墨水紙把所有他記的帳吸乾，把帳簿闔上，小心地把日帳簿放進抽屜，用自白莎進入辦公室後一貫的速度闔上抽屜，把頭抬起來，看向白莎，臉色一點也沒有改變，心情平靜得如止水。「早安，柯太太。你對我秘書說要求見我的理由新鮮得很。我可以要求加以解釋嗎？」

在他冷靜，沒有表情，蒼藍色的眼睛注視下，柯白莎突然感到無力於原先想好的攻擊性對策。她自己生自己氣地把上身搖了一下，好像是要把這男人的影響力自身上搖掉。她說：「我有情報，你急須鈔票。」

「你不需要嗎？」

「我知道你特別需要。」

「我可以問你情報來源嗎？」

「小鳥告訴我的。」

「我應該發生興趣，還是生氣呢？」

柯白莎受不住他的冷靜處理方式，先天的個性一下衝破外殼。她說：「我不管你要做什麼，我只知道我自己要做什麼。我是個天眼通，生意不好的時候，我跑出來自己找生意做。」

「很有興趣。」

「我把我的牌都放在桌上。你得到法院裁定，裁定一個叫做北富德的男人應該賠你一筆錢。你還沒有拿到，你也拿不到。你還要不斷付律師資。那律師一點用也沒有，根本上不了一壘。我個人就決不會辛辛苦苦去賺錢，還要放個百分之多少在銀盤子上送給臭律師。我也沒錢給他們。你和我交易就不需要律師，你可以開除你的律師。開除之後，你和我的交易沒有第三者來插手，於是我可以給你弄點錢。」

「你有什麼建議？」

「我知道你的裁定是兩萬元，但是你永遠也得不到一分錢。」

「那倒不見得。」

「不見得在哪裡，你和你的律師叫要錢，他和他的律師叫沒有錢。你不斷付你的律師費，他不斷付他的律師費。他付的不能自兩萬裡扣除，你付的等於把錢沖進水溝，你以為你有兩萬外債在外，其實你有的只是一個付律師費的機會。」

「倒是一個很新的看法，柯太太。但是你還沒告訴我，你有什麼特別的建議。」

「你不可能兩萬元全要回來的。但是你可以要回一部分。你開除律師，我就有全權來交涉。你要犧牲一點是必然的。」

「犧牲多少？」

「犧牲很多。而且還要加給我的一份。」

「我想不必了，柯太太。」

「再想想，目前來說你正在不斷消耗鈔票。而我有本領叫北富德付出一筆錢，你又拿錢，又可以把這件事全解決了。」

「你能向他弄到多少？」

「五千元。」

南先生的眼光始終盯著白莎。但是他把眼皮垂下一點，又立即把眼皮抬起，除了這個之外，臉上一點也沒有感情的改變。「五千元是我的一份嗎？」他問。

「我們兩個人的。」

「你要多少？」

「百分之五十。」

「這樣我只有兩千五百元？」

「是的。」

「沒什麼興趣。」

白莎把自己自椅子中舉起。「你反正有我名片。」她說：「你改變主意的時候，打電話給我好了。」

南喬其道：「等一下，我還想和你談談。」

白莎費力地從豪華長毛辦公室地毯上跋涉到門口，在通過房間時轉身發表她的臨別辭言：「我要說的已一次說明白。你只有兩種回答法。你說不行，我們根本不必再談。你說行，可以由你來看我。」

「我只問你一個問題，柯太太。是不是北先生派你來的？你是不是代表他？」

「這是個兩千五百元現鈔的有獎問題。」白莎說，自身後把門碰上。

她通過外辦公室，一下拉開通走廊的門，想把它自身後大聲碰上，憤怒地發現門上裝有自動關門器，她猛拉門球也沒有用。

第三章　影射的匿名信

卜愛茜對柯白莎道：「你的男人又來了。」

「姓北的。」

「是的。」

「他又來幹什麼？把這裡當他自己的辦公室呀。我昨天才去遊說姓南的。要給他點時間呀。姓北的昨天才來拿過一份報告。今天又來——去他的。我自己出去告訴他該適可而止。」

白莎把座椅退後，起立，繞過桌子，一下拉開房門進入接待室，說：「早安。」

北富德一下跳起來。「早安，柯太太。我急著見你。我——」

「你聽著。」白莎打斷他話題道：「我們生了一個蛋。我現在正坐上面在孵這個蛋。你再怎樣叫我坐重一點，孵蛋還是需要那許多時間。」

「我知道。」北富德說：「但是——」

「我也知道，」白莎生氣地打斷他的話說：「你和一般十分之九的客戶沒有分別。你到我這裡來主要是為了你擔心了。你認為我可以幫助你，於是你回家，東想西想又擔憂了，所以你陰魂不散回來這裡，要一直討論案子，安安心。

「其實，這和看病找醫生一樣。你有病找醫生，醫生給你開處方，你總不能吃了藥回到醫生那裡等病痊癒吧。我的時間很值錢。我總不能整天的——」

「這次是另外一件事。」這次輪到北富德打斷她地說。

「什麼另外一件事？」

「我來見你是為了另外一件事。」

「你的意思是另外一件新案子？」

「是的。」

「什麼？」

「麻煩。」

「新的麻煩？」

「可以這樣說。」

白莎站過一邊。「那就另當別論了，請進來。」

在白莎還沒有把門關上前，北富德就急著在外套口袋掏呀掏的了。他拿出一張摺疊的信紙，交給白莎。「先看一下這個。」他說。

「這是什麼？」

「一封信。」

「給你的？」

「給我太太。」

白莎沒有把信打開。她用她短粗的手指拿著信紙，雙目炯炯地看向北先生。

「是從哪裡來的？」

「我在飯廳地板上撿到的。」

「什麼時候？」

「半個小時之前。」

「為什麼要那麼激動？」

「看了你就知道了。」

「你看過了？」

「當然。」

「是，寄給你太太的？」

「別吹毛求疵了，除了在電影裡，你幾時見過一個先生在這種情況之下找到一封信，還有不先看看裡面寫的是什麼的。也許有人不承認，但是一樣要看。」

「是郵差送來的？」

「是的。」

「信封呢？」

「我不知道，本來就沒有在一起。」

「那麼你又怎麼知道是郵差送來的？」

「看了信內容，你就知道了。」

白莎猶豫了一下，把信紙自摺疊處打開。

信是由打字打成的——直截了當，一下中的：

我親愛的北太太：

可能我不會把這封信付郵，但是我還是要寫，我出去吃飯的時候，也許投入郵筒，也許投入垃圾箱。目前我寫這封信，只是為了把擱在心裡的話說出來。

你也許永遠不會知道我如此關心你的理由。北太太，你只好暫時相信我，視我為你一個不知名的朋友。

我要對你說的，你不會喜歡聽，但是你最好聽進去，免得將來人家都說你被蒙在鼓裡生活。

你有沒有自己慶幸過，或是懷疑過，現在社會上幫忙做家事的人那麼難請，但是你恰有一個年輕又漂亮的女傭。我不知道你有沒有自己想過，你的莎莉為什麼那麼願意在你家工作，要知道比你高薪的地方多得是。再說，她為什麼一來就願意為你工作還是一個謎。

你從未知道她做秘書的效率也很高手吧？你當然更不知道，五年之前她在大學裡，打字和速記是得比賽第一名的。畢業後她做食品示範工作，薪水比秘書高出多多——這樣一位美麗、動人、能幹的小姐。現在在你家——做女傭人！

為什麼？

會不會除了女傭這種低下的工作之外，尚有更吸引她在你家工作的原因呢？

也許這些問題最好你自己去問莎莉——當你問她的時候，最好好像你已經一切都知道，胸有成竹的了。不要用猶豫、懷疑的態度問她。只是叫她實話實說。

你會大吃一驚的。

這是我第一次給你寫信要告訴你的。我其實有不少可以告訴你的消息。

我甚至準備在星期三上午十一點鐘打電話給你。目的只是想知道你和莎莉談過之後有什麼結果。假如你和莎莉談過後，又對我有了信心，你最好把你的車，加滿油，停在屋前，隨時準備出車。

你也許奇怪一位完全陌生的人會對你如此關心。但是，雖然你從未見過我，我倒是一直關心你的一切的。

我要告訴你我和這件事的關係，你會大吃一驚。也許有這麼一天我真會告訴你的。要知道，我關心你，當然是有原因的。

關心你的

白莎自眼鏡的上面看向北先生。「怎麼樣？」她問。

「柯太太，我發誓這些個——」

「把這些留給你太太。」白莎說：「我要的是真相。發誓有——什麼用？」

「柯太太，我告訴你，這是一個滿口謊言，卑鄙的影射，是——」

「影射什麼？」白莎問。

「影射那個女傭在愛我，或者我是在愛她，甚或兩個是互相有愛情的。而她要這個工作為的是和我廝守。」

「漂亮嗎？」白莎問。

「漂亮。」

「你有沒有和她討論過這封信？」

「沒有，找不到她。」

「怎麼會？」

「她不在房子裡。我不知道她去哪裡了。她昨晚在的，現在不在了。」

「你太太知道她去哪裡了嗎？」

「我沒有問她。我們分兩個房睡，她又好睡懶覺。我認為我和她說話之前，最好先和你談談。」

「女傭什麼名字？」

「莎莉。」

「姓什麼？」

「考倒我了，柯太太，我說不上來。曹或趙，我撿到這封信後自己也想過，想不出來。」

「跟你們多久了？」

「兩個月。」

「來幫你們之前，你認識她嗎？」

「當然不認識。」

「你撿到信後又如何？」

「我念了一遍，然後躡手躡腳走出飯廳，直接到女傭房去找她。」

「敲門了？」

「是的。」

「開門了？」

「是的。」

「沒人在裡面？」

「沒人，床倒是睡過的。」

「又如何？」

「於是我去廚房，又在房子裡找。都不在。」

「她休假？」

「不是。」

「你想她也知道信裡的內容嗎？」

「我不知道，我怕我太太拿到這封信後直接去看她了。莎莉盛怒之下走了。女傭人目前蹺得很，不吃你那一套。」

「誰說不是。」白莎有感地說。

「你說怎麼辦？」北先生說：「我們總該做些什麼吧。」

「為什麼？」

「把真相找出來。」

「也許莎莉已經把真相找出來了。」白莎說：「也許莎莉使你太太相信沒這回事，她受騙了。」

「我想你不瞭解我太太，」北先生說：「一旦她腦子裡對什麼東西發生了懷疑，絕不是一天、兩天可以消除得了的。有很長一段時間，越解釋就越壞事。不知要重複多少次她才開始相信。她是個疑心重的女人。這樣一件事會把她逼瘋的。她至少幾個禮拜不和我說話。」

「即使莎莉離開了也不行？」

「當然，在我想來莎莉是離開了。」

白莎看看自己的錶。「十點鐘已經過了。你想她會接到那電話嗎？」

「也許，她昨天告訴我，我可以用車用到十一點。我必須把汽車加滿油，十一點以前回到家去。」

「你說你要我為你這件新事情工作？」

「是的。」

「什麼工作？」

「我要找出什麼人寫這封信。」

白莎的眼睛變窄了。「你要我動粗？」

「是的。」

「你研究一下這封信。」白莎道：「想想看什麼人可能會寫這樣一封信給她？」

「想不出來。」

白莎在座椅中動了一下，迴旋椅吱咯地叫了兩下。「你的這位岳母大人有可能嗎？」

「你什麼意思？」

「照信看來，她也有這個可能呀。」

北富德臉上變了幾個表情。「當然！是谷泰麗幹的好事。我怎麼會笨到沒有在撿到這封信時，立即想到是她幹的呢？她一直恨我。她是選定了這次要打擊我的。你可以看得出，在這個節骨眼上，假如梅寶和我發生感情衝突的話，會有什麼結果。」

白莎皺著額頭仔細研究這封信。

北富德繼續道：「假如，她能使梅寶的腦子中她的毒，泰麗自己又可以扮演一個好媽媽的角色——柯太太，要知道我的地位多窘。我把所有財產轉給太太名下了。我在法院宣誓這是送給她個人的。是她獨有的，分開的財產了。她也宣誓證明這一點，法官也確認無誤了。她對我不好，可以全部拿走，我一分錢也拿不回來的。」

「但是她不會拿出來交給你丈母娘吧。不會吧？」白莎問。

「這倒不會。但是——」

「你的太太和佳露處得如何？」白莎問，把信紙摺好，拿在手裡。

「喔！她倆處得不錯，除了最近佳露不斷地嘮叨她們不告訴她父母的真相。她說她已成年，有應該怎麼做的決策權了。她怕的當然是她完全失去知道真相的可能性。她想知道父親是什麼人。她想找到她媽媽。她是個完全寵壞了的懶孩子。那就是佳露。」

「她親生的媽媽還活著？」

「我想是的，難處就在這裡。就我所知，那母親也在到東到西找她女兒。泰麗不太聰明，但絕不犯錯，而且是個無情，死纏到底的女人。她不會中途而廢。她會使出各種手段來阻止那女人的。」

「哪個女人？」

「那個母親。」

「那麼谷泰麗始終在注意著那個母親的，是嗎？」

「我知道是如此的。」

「用什麼方法？」

「我也不知道，也許經過私家偵探。泰麗是很小心的人。」

「她有錢嗎？」

「有一點。不過她是錢不嫌多的。貪得無厭的。」

「她的錢哪裡來的？」

「丈夫死的時候的保險費。」

「多少？」

「大概兩萬元。本來應該找個好的投資，靠利息過日子，但是相反地她拿來大大地炫耀，見什麼買什麼，一直保持自己服裝好和漂亮。她自己以為男人仍會對她發生興趣。她——」

「多少年紀了？」

「四十八歲。」

「不少女人過了四十才真正有男人喜歡的個性。」

北先生快快地解釋。「柯太太，是的，不過她們是自然的，她們不是故意裝出來的。她們是內心發出來的，裡外一致的。而且一定是瞭解人，體諒人。喔……你一定要見到泰麗才能知道我是什麼意思。她是四十八歲，但是她自己麻醉自己，認為還可以看成三十二歲。她仍有極好的身材——那一點沒有錯。她保持體重。但是——別再提了，只是說到她，我就會生氣。」

白莎道：「生不生氣，我們反正還是要談她。我們要找出她和這封信有沒有關係。再說她一定另外有幫手。」

「何以見得？」

「假如十一點鐘有人打電話給你太太，對方說話的聲音一定要是一個陌生人。那幫手會對你太太說：『梅寶，你別和我爭。你的丈夫目前又在鬼混。』而她的母親當然不可能給她電話說：『梅寶，我是一個完全的陌生人，我……』你明白嗎？」

「我明白了。」北先生說。

「所以，你的丈母娘有一個同黨。這個人你太太是完全不認識的。她會打電話給你太太說：『北太太，我是寫那封信給你的人。你願意不願意和我談談——可惜我不能到你家去，但是你可以來看我——』等等，等等。你懂嗎？」

「我懂。」

白莎倦怠地把自己用手幫忙自椅子中站起來。「好吧，我想我應該去跟蹤你太太，看她去見什麼人，跟那個人到谷太太那裡——老天，又變成一件零工了，唐諾在多好，這是他的專長。」

北富德說：「一旦你證實了這一點，我們可以一起去找我太太，告訴她，她媽媽做了——」

「別傻了。」白莎打斷地說：「谷太太會告訴她女兒我們在說謊。她女兒會相信她。我們應該直接去找谷太太。」

北先生說：「泰麗是非常不好對付的。」

白莎把下巴向前一戳。「老天，你以為泰麗不好對付，你等著看我白莎出馬的樣子。她是業餘的。我是別人雇我來對付不好對付的人的。」

第四章　跟蹤

霧很濃，太陽發揮威力已經開始「突破」，北富德把他太太的車子停在屋子的前面，偷瞥一眼在下一條街中，坐在停著的一輛汽車中的柯白莎。他自車中出來，把大衣鈕子扣上，伸手調整一下帽沿，偷偷地向白莎打個招呼。

柯白莎從自己公司車擋風玻璃前望，嗤之以鼻，自己對自己說：「外行，自以為風趣，這樣做有什麼好處？」

北富德看看他的錶，看看房子的方向，伸手自開著的車窗進車子去，用手掌按了兩下喇叭，自顧輕快地走下街去。

柯白莎，十分有耐心地坐在自己的車座上，點了支菸慢慢吸，她精明的小眼睛看著前面，什麼都不會漏掉。

安靜的住宅區，車流不多。北富德等候進市區公共汽車的主要幹道有不少車——沒有造成汽車接連通過的噪音，但是連續的咆哮經過是有的。

一輛巴士靠邊，停下，北富德上車，巴士把他帶走。向海上飄上岸的濃霧尚未全散，雲層已變薄，一塊一塊青天已可以看得見，有的地上已照到太陽光。

白莎把一支菸抽完。手錶上時間已是十一點十分。

次一個十分鐘，經過住宅區的只有二、三輛車。沒有車對北家的房子發生興趣，也沒有人看白莎一眼。

十一點二十二分北家房子前門打開。

柯白莎扭轉車匙把車子點火，一面兩眼沒有離開她的獵物——一個女人用快小步走向汽車，一眼就看出她是有目的地要去的，而且在急迫狀態。在她方格呢很出色的外套裡，柯白莎看得出裝的是一個非常豐滿的身材。她帶了一頂緊合的淺藍色帽子，白莎看到她俏美的紅唇，年輕發光的臉和臉上的墨鏡。她的臂彎裡抱著一隻半成熟的貓，貓尾巴不停地在甩來甩去。

跟蹤工作白莎是老手了。

另外那輛車以一般速度起步，經過交叉路時十分小心，經過幹道時停死，再看清楚前進。但是，出乎白莎意料是她並沒有走去市區的方向。相反的，前車左轉右轉，來到克侖巧大道轉向了去英格塢的方向。那隻貓，爬到了前座的椅背上，柯白莎不必跟得太近，老遠就看得清清楚楚，哪一輛車是她的目標。

車輛漸漸減少，跟蹤工作越來越容易，但是暴露的機會也跟著加多。假如前車曾經有一點點懷疑自己會被跟蹤，而做出想甩掉尾巴的動作，白莎一定會縮短車距，以免脫鉤，但是今天的情況不同，白莎保持安全距離，舒服地坐著開車，所以一下她忘了私家偵探定出來跟蹤車子的慣例。

一條街外，一個重要十字路口的交通號誌轉成紅色。白莎慢下來，想用比較低一點的速度沿街走，估計燈號轉變的時間——突然白莎把左腳所踩離合器放鬆，右腳一腳向油門踩下去。

前面北太太的車，既沒有加速，只是不理會紅燈，硬搶紅燈勇敢地通過了十字路口。毫不理會他車的喇叭指責繼續上她的路。

白莎，衝到十字路口，面前是快速橫行的雙方來車，通過是絕無可能的。

柯白莎快速環顧一下，至少她看不到附近有交通警察。她把車吃進二檔，等候機會，一輛緊密車輛過去後，幹道上露出一個空檔，白莎蠻幹的精神發揮到淋漓盡致，一踩油門，肚子裡在想管他媽媽嫁給誰，穿過幹道，兩側耳朵聽到兩邊緊急煞車，喇叭大鳴及難聽的叫罵聲，有如馬廄屋頂遭到冰雹的襲擊。

目標車現在的距離足足有一百五十碼以外了，但是還是用穩定速度前進。白莎把車子吃進高檔，肥腿把油門壓到底，一下子把距離拉近成一百碼。她前面的目標車在左轉，駕車的開得很慢，很小心，左手伸出車外，做了十分標準的手勢。

白莎猛衝到那條她轉彎的街口，左轉，望下去是條空街，她煞車浪費時間。

她在跟蹤的車子，在這樣短的時間內，不可能又走了一條街，在直街上消失。

但是也沒有別的解釋，為什麼街上沒有車。那麼駕車的在轉彎過來後，一定是猛加油加速了？

白莎面臨考驗，前車在次一街口，不是左轉，定是右轉了。向左走自然是走回頭路了；那麼駕駛是知道了有人在跟蹤，而且在甩掉尾巴了，這和她自開始以來一直穩速地開車的邏輯不合。合理的事，當然是在下條街右轉了。

白莎有了結論後，動作是快的，她快速把車衝前，一面把車帶到街的左側一點。如此在右轉時可以有較大的弧度。

右轉的時候，她感到身體繼續向前的離心力和車子的搖擺。

轉到一半的時候，白莎沒有忘記自肩後向背後看一下，突然她又拚命煞車和轉動她的駕駛盤。

她跟蹤的車子，不在她右轉後的正前方，相反的，剛才她推理的，前車已經發現有車在跟蹤的事實才是正確的。

白莎的車速太快了，想不把車完全停止，再轉為左轉已經是完全不可能的了。她把車煞停，退回一點原來來的方向，立即把車左轉前進。

下一個十字路口，白莎遇到了前一個十字路口相同的難題。白莎感到前車一定是又左轉，如此可以轉上本來在前進的幹道。

白莎在心裡咒罵。

雖然那是一個老技巧，但是始終是個好技巧，當你發現有人跟蹤，當他沒這回事穩速地慢慢前進，遵守交通規則，甚而注重手勢指示，讓對方疏忽，陷在車陣或交通號誌裡，自己和他再見。

回到幹道上，白莎像一個下班開巡邏車趕回去吃飯的警察，見什麼超什麼，心裡窩囊得有如到手的大魚一下脫鉤而去。

目標車是跟丟了。

只是為了小心，在回程的時候，白莎又來到第一次追丟那輛車子的地方。

這是北哈金頓大道，七百號到八百號那一段，兩側都是單幢平房，住在這裡的人都有直通車庫的寬大私人車道。

白莎小心地一條一條私人車道察看，上面都沒有車，車庫門也都關著的。

白莎點一支菸，接受失敗的事實，把車轉出來，回洛杉磯的商業區去。

第五章　打字機線索

北富德的辦公室是在樂開胃大廈的十一樓。柯白莎乘電梯上去。門上漆的是「北富德——推銷工程師」。門後傳出快速如機關槍開火的打字聲，白莎覺得只有自己的卜愛茜可以和她並駕齊驅。

白莎把門打開。

一個直背細腰的二十幾歲女郎自打字機上抬頭望向她，淡灰色的眼珠無聲地在詢問白莎有何貴幹，手下仍在打著已記在腦子裡，還沒打的字。

「我要見北先生。」白莎道。

女秘書停止打字。「請問尊姓？」

「柯太太。他在等我……我是說應該知道我會來。」

「請等一下，柯太太，請坐。」

女秘書把椅子退後，走向北先生的私人辦公室，公事化地敲兩下門，隨即開門進入房裡。柯白莎仍站在那裡。

女秘書出來。「柯太太，請自己進去。」

白莎聽到門內椅子推後的聲音，快速的腳步聲——北先生已經站在房門口對著她微笑了。早上在他臉上滿臉的愁容，已經因為新刮鬍髭，熱水敷面和理髮店的按摩消除掉了，代之的是光滑的下巴和粉紅的皮膚。他的指甲看得出才修過。

「請進，請進，柯太太，你工作真快……這是彭茵夢小姐……她知道你是誰。我對她沒有秘密。以後假如你有什麼要報告的，又找不到我，不論什麼事，都可以告訴茵夢……不過請你進來坐。」

柯白莎點點頭，又向秘書微笑一下。

彭茵夢把眼皮垂下。她的睫毛又長，尖端又翹起得那麼引人入勝。當眼皮下垂時，使本來已經很光滑的臉頰，由於對比的關係，顯得更為白嫩。

柯白莎對這嫻靜、美麗、半閉的眼睛，發表感想說：「嘿！」一面讓北先生扶一下椅子幫著她坐下。

彭茵夢離開，把辦公室門帶上。

北富德繞過桌子，坐進一張特大，發光，桃木製成，黑色真皮裝飾的椅子裡去。

「我倒沒有想到你會回來得那麼快。」他說。

「我自己也沒有想到會回來得那麼快。」

「我們本來是說好，你跟蹤我太太，看是誰要和她見面，之後又跟蹤那一個人。沒出什麼錯吧？」

白莎說：「我跟她跟丟了。」

北富德突然抬起眉毛。「你跟丟了，柯太太？」

「是的，跟丟了。」

「但是，我看見你守在那裡。見到你的車——」

「那是沒有錯。」白莎說：「我跟下去了，後來跟丟了。」

「但是，柯太太，這應該是極簡單的工作——她是絕對不會想到有人在跟蹤她的呀。」

「你怎麼知道？」

「因為——我相信她不會知道。」

「我可不那麼確定。」白莎道：「要不是她耍了一個很靈的花巧，花巧得連我到現在也沒想通，就是一連串不能再巧的巧合，而我是倒楣蟲。」

北富德生氣激動地說：「照你這樣說來，其結果都是一樣的。我們永遠也沒有辦法來證明這封惡毒的匿名信和谷泰麗太太有關的了。」

白莎乾脆地說：「我們再來看一下這封信。」

北富德猶豫一下，自口袋裡又拿出這封信。

「你放私人信件的檔案在哪裡？」

「怎樣啦？」

「我想查對一下你私人信件的檔案。」白莎說：「很可能會查到線索。」

「什麼線索？」

白莎說：「很多人不知道，打字機上打出來的信，其實比手寫更容易識別。專家一看就知道什麼廠牌，哪一種打字機打出來的信，而且還知道是習慣於哪一種打字方法的人打的。我雖不是專家，但至少看得出這信是從手提式打字機打出來的。我相信我看過所有別人給你私人信件和南先生給你的來信後，可能會有一些特別的線索。」

「姓南的從來沒有給過我信，我告訴你他聰明得很，什麼把柄也沒留下，一下就令法院裁定我要——」

「法院裁定是因為合夥生意的關係嗎？」

「是的。」

「他申訴是假話嗎？」

「詐欺。用一個法律上的技巧，說我無權保管一筆財產，或是說我侵佔他的——反正是偽造詐欺。你說要看我的私人信件，柯太太，我們給你看。」

北先生按鈴。

兩秒鐘不到，通接待室的門打開，彭茵夢進來，用一般秘書的語氣說：「北先生，什麼事？」

彭小姐離開房間的時候沒有把房門關上，只二十秒鍾不到，她細而有效的足踝帶她轉回房間來，把一個厚厚的檔案夾放在北先生桌子上，有一點故意在生客面前炫耀秘書工作重要性的做作。

「還要什麼？」她問。有禮，簡單，乾脆得有如在打字機上打字。

「可以了，彭小姐。」

「是的，北先生。」

她轉身，把腰挺得直直的，臀部不甩動，走出門去，把門帶上。

柯白莎沉思地看著她的一切行動。「過火了一點點。」她說。

北富德不懂她意思。「怎麼說？」

「只是告訴你，」白莎說：「在我這種什麼都見過的人面前——喔，去他的，我來只是為了這封信的事。那隻貓，是你太太養的嗎？」

「她把貓也帶出來了？」

「是的，她走到哪裡把貓帶到哪裡嗎？」

「最近都這樣。牠總是跟了她，除了晚上。這隻貓晚上就是留不住。牠喜歡跟汽車一起出去。她要出門總喜歡帶牠出去。」

「叫什麼名字？」

「鬚鬚。」富德說：「我倒真希望她能招呼我，像她招呼那隻混蛋的貓一樣。」

「也許牠對她好一點。」

北富德臉紅了。「無論如何，柯太太——」

「不談這隻混蛋貓了。」白莎在他找理由之前，先把他的氣漏掉。「我們來看看這個檔案再說。」

白莎不客氣自己動手，開始看這些信。

她一封一封看。已經穩定下來的北富德一面指稱。「這傢伙要我一起去打獵。兩年前我和他一起出去過。他玩得很高興，我不見得。煮飯、善後都是我在辦……這是一個推銷員，要我給他一個工作，要真能賺錢的。」

「這是誰寄來的？」白莎指著一封女人寫的信問。

北富德清清喉嚨。「我倒不知道這封信在這裡。」

「是誰的？」

「柯太太，這沒關係。她和你要查的事毫無關係。」

「是誰的來信？」

「羅綾。」

「姓什麼？」

「馬。」

「她給你的信，為什麼用『親愛的辛巴德』開的頭？」

富德又清了一下喉嚨。「是這樣的，羅綾是舊金山一家餐廳的女招待。她給我的印象是她很多地方都很能幹。這是，兩年之前的事了——」

「說下去呀。」

「我認為這樣一個有才幹的女人應該有更好的出路。我在舊金山有很多熟的公司認識。我給她介紹了一個工作。就如此而已。」

「還在這公司嗎？」

「是的，老天，一直幹了下去。」

「辛巴德怎麼回事？」

他笑了。「我一眼就看出她不平凡——當然指做生意。她一直笑我告訴過她的一些推銷故事。我教她推銷的技術，怎樣把推銷阻力改變為消費的熱誠。她——她告訴我，我說話像七航妖島中的水手辛巴德。她……」

公事化的敲門聲敲在門上，門也立即被打開。彭茵夢站在門口。「谷泰麗太太有電話來。」她說：「我告訴她你在開會，她堅持要和你講話。」

「喔！老天。」富德說。

白莎以事不關己的樣子觀察他的反應。

女秘書問：「要不要接？」

北富德求他秘書道：「告訴她我只好打電話回她了。請她留個找得到她的電話號碼。告訴她我在開會，正好在決定簽一張合約的重要關頭——很重要的一張合約……拍拍她馬屁，多說好話；茵夢，交給你了。」

「是的，北先生，她主要是問北太太哪裡去了。」

北先生把前額放進手掌中，生氣地暗暗咒罵，辦公室一時靜靜沒有聲音，然後，北先生抬起頭來，「老天，我不知道。我最後一次見到她是——叫她跳湖好了，叫她去做別的事，不要來煩我。」

「是的，北先生。」她快快退出去，把門關上。

北先生猶豫了一陣，把椅子推後，站起來繞過桌子，一下把通接待室的門打開。「讓裡面電話也可以聽到你和她說話，茵夢。」

「是的，北先生。」

北富德彎身，伸手經過白莎前面拿起桌上的電話，他讓辦公室門就如此大開著。

白莎聽到彭茵夢在外間的聲音說：「谷太太，北先生抱歉他實在真的現在不能親自和你通話。請你留個號碼，他一有空立即會給你電話……不是的，這是一個非常重要的會議，他正在簽約的重要關頭，是一家公司產品的推銷權，包括所有洛杉磯以西的地區。……是的，谷太太……是的，我會記下號碼……謝謝你，谷太太……喔，是的，我會告訴他佳露和你在一起，非常謝謝，谷太太，再見……什麼？……怎麼啦。他說她假如不在家的話，他就不知道她去哪裡了。自從來辦公室後他沒回家過……是的，谷太太，我會告訴他，謝謝，再見。」

外面辦公室傳來電話掛上聲。北先生把桌上電話也掛上說：「真是屋漏又逢連夜雨。」

「你丈母娘？」

「是的，從她電話聽起來，她才乘火車自舊金山來。梅寶顯然是知道她會來的，但是沒有告訴我。火車來遲了。佳露在車站等。梅寶也許根本沒有去，或是去了沒有等。她媽媽不高興了——要拿我做出氣筒。」

「你太太把這個十一點的電話看得比她媽媽重要得多。」

「真是如此。」

白莎默念地說：「我也許對你丈母娘開頭的想法是不對的。」說著又把注意力集中到信件的檔案裡去。

「這是什麼？」白莎突然說。

北先生看到白莎拿起由釘書針釘在一起的十幾封信。在首頁前有一小張打字機打的備忘紙，這樣寫著：看來他們已把你列在壓擠對象的名單上了，茵夢。

北富德笑道：「彭小姐認為這會使我自找麻煩的。你看，很多慈善機構拚命找人捐款。外國什麼地方有饑荒，本國又有什麼兒童有不同的疾病，種種藉口，幾個月之前，我碰到一個很親切的，很感人的，我捐了二十五元。而這些就是氾濫成災的後果。」

柯白莎翻看這些信。

「看來都是不同機構的來信。」

「就是，不過你可以看彭小姐附在最上面的一張條子。顯然這些機構是互通信息的。只要你郵寄了一家非洲災民捐款，你的地址就會傳給所有其他慈善機構，他們認為你是可能的對象了。一旦你捐一筆款，你就成了轟炸對象了。」

門上又一次公事化的敲門聲，彭茵夢打開門，說道：「柯太太的秘書有電話來。她說有要緊事要和柯太太聯絡。她要知道柯太太在不在這裡。」

「你怎麼回答她的？」北富德問。

一絲微笑掛在彭小姐的唇上。「來電話的女人自稱是柯太太的秘書，我告訴她我個人不認識什麼柯太太，但是假如她不要掛電話，我可以替她問一問。」她說。

富德問：「那麼她現在在等回音囉？」

「是的。」

北先生詢問地看向白莎。

白莎說：「想辦法我也可以聽到。你先和她聊一聊，要是真是卜愛茜，我再來和她說話。」

一聲不響茵夢回去她自己辦公室。北富德不出聲把桌上電話拿起來交給她。白莎靜靜聽著，聽到一下金屬聲，然後是彭小姐的聲音道：「對不起，請你再說一下姓什麼，我沒有弄清楚，是不是你說傅太太，人字旁的傅？」

卜愛茜的聲音又急又不耐煩，她說：「不是的，是柯，木字旁一個可以的可。」

柯白莎馬上接嘴道：「哈囉，愛茜，是我在聽。有什麼事？」

「喔！」愛茜的聲音顯出解除了緊張：「我在猛找你呀。」

「有什麼事？」

「一位南先生有事找你。」

「多久之前？」白莎問。

「有半個小時之久了。」

「要幹什麼？」

「他說有一件要緊事，一定要立即找到你。說是為了昨天你向他提起過的一件事。又說你也會希望立即知道結果的事。」

「你怎樣應付他的？」

「我說我會設法找到你，請你打電話給他。」

白莎想了一想道：「好的，愛茜，我從這裡給他電話好了。我不想讓他知道我在這裡，萬一我沒有找到他，他又打電話給你，不要告訴他我在這裡。你只說十分鐘之前我回來過，我忙得不得了，你告訴過我他在找我，我來不及回話。讓他去認為他找我要解決的事對我不十分重要，懂嗎？」

「我懂。」

「那就好。」

白莎把電話掛上，對北富德說：「南先生打電話到我辦公室，說是有要緊事找我，說是有關我昨天給他的建議，要我秘書找我。」

北先生一下興奮起來。「那是說他願意接受了。柯太太，我知道他會的。我知道——」

「蛋還沒有孵好，你倒數起小雞來了。」白莎說：「他是一個賭撲克的冷面好手。可能他是要我給他好一點的價錢。你聽見我對我秘書說的了，不要顯得太急。他的電話多少號，我打過去看他要什麼。」

北先生把椅子退後，走到門口，說道：「茵夢，打個電話給姓南的辦公室，你別說話，電話鈴一響你就接給柯太太。」他又回到他辦公桌後面。「來支菸？」他問白莎，神經質地去掏他的香菸。

「現在不要，」白莎說：「可能馬上要接電話……假如他想漲價，我怎麼辦？」

「告訴他——告訴他你會打電話回答他，不過你想不會有什麼用的，你已經盡了你的力量，再也加不上去了。」

北富德擦了一支火柴，他的手太抖了，幾乎湊不到菸上去：「我沒有辦法告訴你，我真的一心想把這件事結束掉。我當初的決策真的是完完全全錯誤的，我——」

桌上電話短短響起兩聲。

白莎拿起電話。她說：「哈囉。」

電話對面沒有響聲。

白莎向北富德解釋：「大概才撥好號碼，我聽不到對面響鈴。我——」

一個女性聲音在對面說道：「哈囉，南氏產銷公司。」

「請找南先生說話。」白莎平靜地說，說得很慢。

「請問是哪一位？」

「柯太太。」

對方說話的女人立即起了反應。「是的，柯太太。請你不要掛線，我立即給你接過來，他正在找你。」

一聲金屬響聲，南先生用上次白莎見他時快得多的說話方式說：「哈囉，柯太太，是你嗎？」

「是的。」

「我留了話在你辦公室裡，你知道了嗎？」

「知道了。」

南先生清清喉嚨。「柯太太，我們不要浪費時間，我把要說的都說給你聽。」

「說吧，本來就應該直話直說。」

「你到我這裡來說是要給我一個建議，我認為是個笑話，我本來想告訴你，你去跳你的湖好了。」

「嗯哼，」白莎說：「這一點我知道。」

「現在情況有些改變了。我有一件投資，只要有現鈔，可以大賺錢。」

「怎麼樣？」

「當然，我研究過了，你可能真像你自己說的，是個投機的人，你知道了我和對手之間的事，兩面湊湊賺點鈔票，當然，你也可能是和北富德一路的，受他所雇的。」

「這些你以前不是都說過了嗎？」白莎問。

「是的，柯太太，我們都說過了。我馬上就要說明白了。假如在今天下午四點鐘之前，你能給我兩千五百元銀行本票，或是銀行作證背書的支票，我就簽你要的文件給你。」

「原來如此。」

「不過四點鐘，今天下午的四點鐘是這件事的極限，你能明白嗎？」

「明白。」

「當然，叫我接受你所說的低價，完全是因為我突然有這個需要；否則哪能接受。假如今天下午四點鐘之前，錢不能到我的手裡，我以後也不會再妥協這件事了。」

「我明白。」

「好了。我到底能不能在四點鐘之前，從你那邊拿到這筆錢？」

柯白莎猶豫一下，眨一下眼眼，向滿臉焦急的北富德斜眼看一下，不慌不忙地對電話對端的南先生說：「這情況來得快了一點。能再寬限我一點時間嗎？」

「柯太太，你來我這裡的時候暗示我現鈔是準備好的。你像是拿鈔票在我眼前幌來幌去。我在四點之前要這筆錢，否則我給你的建議也作廢。今天下午四點鐘之後，我對法庭的裁定一分錢也不減。今天下午四點鐘是絕對的最後機會。四點即使過一分鐘也算太遲了。我現在再問一句，你給我還是不給我這筆錢？」

「給，哪裡見你？」

「在我辦公室。」

白莎說：「我會讓我律師擬定一張協議書，我不想將來發生什麼口舌。」

「協議書裡包括什麼呢？」南先生懷疑地問道。

「什麼都包括。」白莎說。

南喬其大笑道：「那沒關係，柯太太。請你聽著，我要這筆錢，越快越好。假如你半小時內能來，那最好了。不過，四點鐘是最後的機會。」

「我懂了。」白莎說。

「那好極了，你到底最快什麼時候能送鈔票來？」

「三點五十九分。」白莎說著把電話掛斷。

北富德急急地問：「他肯接受條件嗎？」

「他有興趣，他是急需鈔票沒有錯。自己說好聽的要用來投資。老套。他要兩千五百元銀行本票，或是我的支票，但是銀行背書作證可以付錢的。」

北先生高興地從椅子上站起來，一巴掌重重地打在柯白莎肩上。「你真了不起，你辦成功了！我看到你就知道你辦得成的。老天，你要是知道──」

「等一下，先別高興，這件事有個限期──今天下午的四點正。四點過一分鐘太晚了。這是他訂的時間。」

北先生清醒了。「這是有道理的。他急須現錢，別人可能也給他一個限期的。為了免得坐牢，他五點、六點之前一定要付這筆款……所以我也要快一點才行。」

柯白莎說：「我認為銀行本票最好了。可以省得你把錢存進我戶頭，再由我請銀行證明這張支票一定收得到現，要好得多。」

北富德看他自己的手錶。「我得馬上和太太聯絡。」

「沒有她，你辦不了這件事？」

「當然不行。」

「有了匿名信這件事後，她可能沒那麼容易應付了。」白莎指出這一點道。

北富德笑笑。「對正經事不會的。她會不停嘮叨我兩個禮拜，說我和女傭這件事不會像我所說那麼單純，但是有關這件事，我一告訴她，五分鐘之內，支票就可以到手的。到底這些都是我的錢，你別弄錯，柯太太。」

「以前是的。」柯白莎澀澀地說。

北富德不太高興地說：「即使她心痛，但用兩千五百元來解決兩萬元的債，還有不高興的嗎？」

「你們倒公私很分明的。」白莎道。

「這是錯不了的。」北富德看一下錶說：「她應該馬上回家了，即使出去和寫這封匿名信的見了面也該回家了。這是最壞的一招了，她們會談個沒完，兩個女人嘛，也許一起去吃中飯再談——老天，要是你沒有讓她跑掉，一直跟下去，就好了。」

「其實當初你就應該叫你會計師出面，告訴大家你一毛錢也沒有，你可以不必付他錢，連兩千五百元也不必出。」

「不行，那樣我生意怎麼再做，」富德道：「何況，那樣我必須真的一毛錢也沒有，連上街巴士費都要每次由太太給我才行。柯太太，法官相信我，我賺的連辦公室開支都不夠。我送太太財產是我賺得多的時候送的，後來生意不好了，我就無法維持了。這個辦法固然想得很好，可以不理法院的裁定，但是一旦走上了這條路，個人想在自己名下積點錢，那是完全沒有辦法……不行，我一定得找到梅寶。有一件事是確定的，梅寶要是在外面用午餐，她只有四、五個地方。我現在只好每一家都去找一找。」

「要我跟你跑嗎？」

「是的，這樣拿到支票就少事多了……不行，等一下，還有匿名信這件事要考慮。假如我找到我太太，她看到你和我在一起——喔！為什麼偏選這個時候給我太太寫匿名信呢？」

柯白莎站起來。「我回我辦公室去等，你的事情辦妥，你就打電話找我。」

北富德又高興起來。「柯太太，你真好。我現在發現我來找你有多麼正確了。」他站起來，把通外間的門打開，他說：「我覺得我欠你情——」

外間通大樓走道的門打開，兩個女人穿著豪華，目空一切地走進辦公室來。

北富德稱讚，客套話講了一半，自動停止，臉上現出不知所措的樣子。

「泰麗！」他高聲叫喊道：「還有佳露！真高興你們兩位在附近會到這裡來看我！不好意思，我剛才在開會不能停下來聽你電話——抱歉，抱歉。」他看一眼白莎等於附加說明這兩位來客的身分，年長的是岳母，年輕的是她另一個女兒。

「幸會，幸會。」白莎含糊地應付著。

谷太太自頭到腳仔細察著柯白莎，她目光躊躇在白莎偉大的腰圍上。

北富德急急地說：「泰麗，你看起來好極了！你看起來像佳露的姐姐，」他又急急的加一句，像是要糾正自己的失言：「事實上佳露自己看起來也好極了。比我以前看到的都比較漂亮。這一個禮拜來我經常這樣說，是嗎，佳露？」

佳露看他一眼，覺得無聊。谷太太欣賞地給他一個微笑。「富德，你是真心的，還是敷衍一下說說的？」

「不是的，泰麗，我是真心的。不知道的人在街上，一定會以為你——我意思是想你只——當然，他們想不到你和佳露是母女倆。」

「你知道的，我們本來就不是。」佳露澀澀地說。

「喔，你知道我什麼意思。」北富德說：「你們去我私人辦公室吧，我把這裡事了結一下。」

谷太太說：「希望沒有打擾你們辦事。」

「沒有，沒有，你們先進去，隨便，不必客氣。」

谷太太沒有移動。「富德，」她問。「梅寶哪裡去了？」

北富德失望地說：「我不知道，我自己也在急著找她。我——你確定她不在家？」

「當然我確定。我們才從家裡出來。」

「你們先去我辦公室休息一下，我就來陪你們。」

「你有概念她去哪裡了嗎？」谷泰麗問。

「她到什麼地方，有個約會。她叫我把車弄好，輪胎檢查好。我——你們先請進去，好嗎？」

「但是，富德，我就是一定要先找到梅寶。我從舊金山來，就是為了見她。她絕對知道我會來。她告訴佳露我會下來的。」

「她知道你會來？」北富德隨便說一句拖延時間。

「我在——之後我給了她一個電報，她沒告訴你我要來？」

「沒有，我——那她一定是去車站接你囉。」

「火車遲到了一小時。佳露離家早，梅寶說她們車站見。你最後什麼時候見的梅寶？」

「我——我想不起來了。我腦子給弄糊塗了。我有一件重要的生意。請你們先進去坐一下。」

谷太太又一次細看白莎。「喔，是的，」她說：「我想起來了，你是在和一個生意簽合約的，是嗎，富德？我真抱歉，希望沒有打擾到你們。」

「沒關係，沒關係，我一下就和你們在一起。你們不要客氣。」

谷太太對佳露道：「來吧，親愛的。」又對白莎酸酸地道：「我想我們沒有打擾你們的商業合約吧。」

白莎道。「沒關係，小小的打擾我從不放在心上的。」

谷太太把下巴抬起。她半轉身雙眼和白莎互相對視，想想沒有必要起衝突，一陣風進入女婿的私人辦公室。

白莎低聲地說：「有關和南先生妥協之事，你準備告訴她嗎？」

北富德關心地看一下佳露進去的時候有目的沒有關上的門，幾乎耳語似地說：「不行，不行。」

「那樣也好。」白莎道：「你最好早點擺脫她們。」

北富德說：「我怎麼辦，她們在這裡，我都沒有辦法去找梅寶。」

「你有沒有想到，你太太為什麼沒有告訴你，她媽媽來電報說要來洛杉磯？」

「沒有理由。」北富德擔心地說：「這完全不像她的個性。」

「唯一理由，」白莎說：「是她不想讓你知道她媽媽要來。顯然的，她覺得家庭內可能要面臨一場大風波，她請她媽媽來做精神上的支持的。我打賭是她收到匿名信後，打電話或電報給她媽媽，叫她來的。」

「有可能，有可能。」北富德說：「又是那封信，真是可惡。把事情弄得一團糟。」

「給你個建議。」白莎道：「可以攤牌了。告訴她該有個完的時候，不要再拍她馬屁，也不奉承她，你一直太做作了，沒有用的。對這種人不會有用，你——」

「噓，噓，輕一點、請輕一點，」北富德輕聲祈求著：「我——」

「富德，」谷太太說：「能不能把你寶貴的時間分一點給我們？我們在擔心梅寶。她沒有接車，我們知道她一定想來的。」

「是的，是的——來囉。」富德說。

他的眼睛在請求白莎快離開吧。

「進去呀，」白莎說：「你自己去對付她們好了。」

「你最好先走。」北富德耳語地說，眼睛盯著開著的門。「求你。」他說。

「好吧。」白莎說，走過辦公室，拉開通走道的門，自己走出去，站在關上的門旁幾秒鐘；突然她轉身把門打開。

北富德私人辦公室門已經關閉。彭茵夢在大步跨越辦公室，突然停住，走回她的打字桌。

白莎道：「我突然想到想要些資料。請你放張紙條進打字機，我直接請你聽了打下來給北先生好了。」

彭小姐餵了打字機一張紙，白莎聽寫道：「假如你現在報告你的車遭竊了——事後當然可以說這是誤會。警察會找到你的車，然後——」

彭茵夢靈巧的手跟了白莎嘴動，飛快地在打字機上打字，白莎猶豫，她幾乎同時停下來。

白莎低頭看看還在打字機上的紙，她說：「再想想，這個辦法不見得最好。我再想想。也許我回去後自己打電話給他好了。」她伸出一隻手，用拇指和食指把紙張拿住，一下把紙自打字機上拉下。摺疊了兩次，投進自己的皮包內。她說：「萬一我認為這件計畫好，我真拿出來寄給他好了。」

淺灰色的眼珠，透著奇怪、不瞭解的表情，瞪著白莎。

「你打字真像玩魔術一樣快。」白莎衷心地說。

「謝謝你。」

「訓練有素。」

「我是很忙。」

「家裡也有打字機，是嗎？」

「是的。」

「手提式的？」

「嗯。」茵夢回答。

柯白莎笑道：「謝了。」

彭茵夢瞪著眼，好奇地注意柯白莎打開門，大步邁出辦公室。

第六章　妻子離家

三點十五分北富德給柯白莎的辦公室打電話。

柯白莎聽到他的聲音，立即問道：「一切都弄妥了嗎？」

「柯太太，我看這件事要比我預計複雜多了。」

「怎麼回事？」

「谷太太下來是有特殊原因的。我想這封信造成的後果比我想像要嚴重得多。莎莉好像已經走了，我的太太也許也決定離開了。她可能已經見過寫這封信的人了。我——我無法說得詳細——」

「而你的丈母娘真的不知道梅寶在哪裡？」

「不知道，而且她盯住了我，一分鐘也不肯離開，我什麼事也不能做，我縛手縛腳呀！」

「你現在在哪裡？」

「在我住宅裡。」

「丈母娘也在？」

「也在，她一分鐘也不離開呀。」

「為什麼你不留在辦公室，把她趕出去？」

「趕不走呀——她已經決定不讓我離開一步了。」

「嘿！」白莎嗤道：「你的丈母娘知道她女兒在哪裡，她在吊著你玩。你把她一腳踢出去，你自己去找你太太好了。」

「你不瞭解，柯太太，假如梅寶見到了寫這封信的人，又多聽了一些謊言。假如她已經決定離開我，你瞭解了嗎？我一定得在這屋子裡等。她要出任何主意都要先回家拿衣服……現在我們一定要找到南喬其，叫他寬限一點時間。我最近不順，這不過是倒楣事中的一件而已……你打電話給南，再不然你去一次他辦公室，告訴他你要延後二十四小時。他也許不肯——但是你總要試一試——」

突然他的語聲改變了。白莎聽到他專門用來對丈母娘說話的假慇勤聲音說：「喔！泰麗，你在這裡，我正在想你躲哪裡去了……我只是和辦公室聯絡一下，就如此……沒有，她沒有和辦公室聯繫。他們都沒聽到她的消息……別太緊張，她不會有事的。她去吃飯了，去打橋牌了——」

北先生換了大聲，下命令道：「把所有信件放我桌上，有人打電話問我，就告訴他我今天下午可能根本不會回辦公室。北太太打電話來，就問她是不是忘了她媽媽今天自舊金山來。告訴她所有人都在家中等她……再見，茵夢。」

電話一下掛上。

柯白莎壓一下內線電話，把卜愛茜叫出來。

「愛茜，替我接通南喬其。」

柯白莎坐回她的椅子，一面沉思，一面等候。電話鈴響，她拿起電話，聽到南喬其謹慎、冷冷的聲音道：「是的，柯太太，有什麼事？」

白莎道：「你逼得我緊了一點。」

「柯太太，你到底是什麼意思？」

「我是說要我今天下午四點鐘之前準備好那筆錢，我有一點困難。我一定再要二十四小時才行。」

「不可能的。」

「我希望你能寬限一下。」白莎努力道：「我有希望在今天下午四點鐘前拿到現鈔，但也可能再需要二十四小時才行。」

「柯太太，建議是你自己提出來的，你說的是現鈔。」

「仍舊是現鈔呀！」

「這不是我對現鈔的定義。」

「這是我的定義呀。」

南喬其冷冷地道：「我只要你能在今天下午四點之前把現鈔送到就算數。超過四點就作罷。」

白莎想找點話來對答，但是對方把話機掛上，封住了白莎的嘴巴。

她向電話生氣地罵道：「掛我的電話！你敢掛我的電話。等這件事結束之後，看我不想個辦法修理你！」

白莎站起來，親自到接待室向卜愛茜指示道：「要是這傢伙打電話來，我不想和他說話。」

「姓南的？」

「就是他！」

「我是不是照你的話，一字不錯對他說？說是你不想和他說話？」

「不要，告訴他我很忙，說過不讓任何人打擾的。萬一他堅持說我會和他講話的，你就問他是不是那位掛斷柯太太電話的南先生。你說話要甜，好像只是確定他身分似的。」

卜愛茜在草稿紙上用速記劃幾筆，記下白莎的指示。

「看來這是對付這種人最好的辦法了。」白莎說：「假如他不是急著要這筆錢，他早就可以叫我滾我的蛋了，就這樣他會出冷汗。出點冷汗，他那偽裝的鎮靜就會垮台。現在我有點事要做，任何人都不要來打擾我。」

白莎回過她辦公室，把門鎖上，把桌上雜物拿掉，拿出北先生給她的那封信，開始工作。她用一個放大鏡仔細研究信上每一個打字打下來字體的特性，不斷停下來比照一本偵探用的小冊子，冊子裡有每一種打字機牌子、型式的字體和特徵。

最後，花了一個多小時白莎作出結論，那封信是雷明頓牌，一種早期型式的手提打字機所打出來的。但是只花了幾秒鐘，她就知道了，那張附在北先生十幾封私人信件上的備忘錄，和這封匿名信是出自同一台打字機。

白莎下樓，到同一大樓的速食攤上喝杯咖啡，吃客三明治，十分鐘內又回到公司裡。

「有什麼事嗎，愛茜？」白莎問。

「南先生來電話。」

白莎不出意料滿足地說：「你對他說什麼？」

「照你說的說了。」

「有沒有告訴他我不在家？」

「沒有，只告訴他你正忙著，不要和任何人說話。他說你會破例和他說話的。我問他，他是不是早先掛掉柯太太電話的那個南先生。」

「他怎麼說？」

「他清了兩次喉嚨，最後說：『我以為她說完了。真抱歉。』」

「又之後呢？他有沒有求你？」

「沒有，他只是說了聲謝謝，就掛掉了。」

白莎蹙眉不豫地說：「不對呀！他應該拚命請求才對。」

「至少他打電話來了。」愛茜道：「這不是有點意思了嗎？」

「我說是應該拚命的請求才合理。」白莎道：「他的語氣如何，焦急嗎？」

「沒有，相當有教養的樣子。」

「好吧，不管他了。我——」

辦公室門突然打開，北富德衝進來，說道：「老天，柯太太，我不知道我們該怎樣辦？」

「別慌，」白莎道：「又有什麼事發生嗎？」

「又有什麼發生？老天。那是連著來的。你知道怎麼了？我太太走了——我的一切都在她名下呀。我每一分錢、每一張房地契。甚至我辦公室傢俱都是她的呀。」

白莎注視他一會兒，轉身向自己的私人辦公室：「進來吧，我聽聽慘到什麼程度。」

北富德在沒有進房間時就開始說話了。

「她被洗了腦了，現在她就是走了。」

「連衣服也不要拿了？」白莎問。

「柯太太，她回來把衣服拿走了。」

「喔！喔！」白莎感到嚴重地說。

「我自己也是在半小時之前才知道。」北先生說：「我為了確定，所以看了一下壁櫃。我看到她衣服都掛著，所以沒注意看有沒有少東西。但是谷太太警覺些，她和佳露一查就發現少了些東西。一套藍衣服，一套格子布的襯衫和外套，兩雙鞋子，還有——」

「牙刷？」白莎問。

「是的，浴室小格裡的一把牙刷。」

「冷霜？」

「這一點我不瞭解了，柯太太，她的冷霜和擦手的油仍好好放在本來的梳妝台位置上。」

白莎自顧自地說：「她離開的時候我有看到，並沒有帶箱子。這些東西一定是後來又回去拿的。」

「絕對是的。她出去和那打電話給她的人見面。她準備先見那個人再去車站接媽媽。但是那個人說的話改變了她的初衷。梅寶回家，拋了有限的幾件東西進衣箱，就溜走了——也許完全忘了她媽媽的事，也許另外一件事更為重要——除非有她，否則我什麼事都不能做了。你有沒有消息南喬其能不能等到明天？」

白莎說：「你太激動了。目前你反正什麼事也不必做。有可能你太太並沒有離開你。她只是暫時相信了不少事，要出走幾天，給你一個教訓。」

「何以見得？」

「不少證據。你聽我的，你太太佈置好要好好嚇你一下。她媽媽也參與合演的。你太太在認為達到目的時，自己會回來的。她現在會不斷和她媽媽聯絡，家裡的事她都知道。這也是為什麼她叫她媽媽下來。

「聽我話，你現在回去，擺出一付姿態，你太太要離開你，自有她的特權。你不希望她離開，萬一她一定要離開，你也沒有輒，世界上多的是女人。你不要表演過火，只是向你丈母娘表達清楚。說過了，你就出去蹓躂半個小時，讓你丈母娘有時間用電話和你太太聯絡。你太太聽到你不急了，又想到別的女人了，你太太就會快快的回——」

「事情不止這樣呀，那玩意兒又來了。」北先生插嘴道。

「什麼那玩意兒？」

「信，又來了一封信。」

「給我看看。」

北富德遞過來一枚仍未打開的信封，信是寄給北富德太太的。

白莎研究信封，在她指間翻來翻去，她看郵票，看有點塗糊的郵戳。「你怎麼到手的？」她問。

「下午郵差送來的。」

「郵差交給你的？」

「不是，該死的。郵差交給我丈母娘的。」

「她把信如何處理？」

「放在我們平時放信件的小桌上。不過她仔細地看過這封信。事實上每一封都看過，不過這一封她仔細地看了一下。你看，上面寫著『機密，親啟』。」

「你怎麼知道這是另一封匿名信？」白莎問。

「你看，這和原來前一封樣式一樣，也是打的字。」

白莎拿起放大鏡檢查，慢慢地點點頭，表示沒錯，她問：「你準備把它如何處置？」

「我不知道，所以我才來看你。」

「信裡會寫點什麼，你知道嗎？」

「不知道。」

「何不就拋進爐子去，看都不必看。」

「不行，我丈母娘見過了。梅寶要是回來，谷太太一定提醒她叫她開信。她本來對這封信特別感興趣。」

「假如到時找不到這封信呢？」

「那當然她會怪我拿了這封信，再加上其他各種情況——即使梅寶想回來，你看會變成什麼樣子。」

「她會回來的，」白莎道：「至於這封信嘛，我認為我們可以用蒸汽把它薰開來看。」

「這要犯聯邦罪的，是嗎？」

白莎說：「大概吧。」她把迴轉椅推後，走向辦公室門口，開門對卜愛茜說：「愛茜，把電板插上，放一把小茶壺上去，白莎要用蒸氣開一封信。」

卜愛茜拿過來一塊電板，插上插頭，又帶進來一只放滿一半水的小茶壺，放在電板上。

「還有什麼事嗎？柯太太。」

「目前沒有了。」

白莎摸一下電板，確定已開始發熱，走過來坐回原來的椅子，面對北先生，「這件事把你套牢了，是嗎？」她問。

「那當然。要不是那封信，但是，現在——梅寶走了，南先生那件事解決不了，谷太太死盯著我——而我不知道我太太是否真走了。就是不確定才那麼困擾，假如她站出來說明她走了，倒反可以做別的打算了。」

白莎站起來，彎腰把手伸進廢紙簍摸索著，突然直起腰來手裡拿了一張有圖畫印了字的紙。

「是什麼？」北問。

「一家皮貨店的宣傳廣告——說是可以趁減價買便宜皮貨，或是分期付款，把皮貨存在他們店裡，隨時可以拿回來穿用。」

「我不懂，你——」

白莎露齒笑道：「不必去懂。」

他們互相不說話對坐著，北富德扭動不安。白莎安詳、文靜。

茶壺因蒸氣開始嘘出聲音。聲音越來越響，變成汽笛聲。

白莎有經驗地把信的封口放到蒸氣上去。

北富德問：「這樣薰開的信，別人有辦法檢查出來嗎？」

「我看過信後把它弄回原樣就看不出了。」

「你比我樂觀得多。」

白莎小心地把鉛筆尖插進漿糊封口的地方。「我必須樂觀才行。」她說。

沒一下信封打開，白莎把信從信封裡拿出來。

「全都是打字的，像上一封一樣。」她說：「沒用筆簽字，只是打字機打的，『你的朋友，祝你好運的人』。你要自己看還是要我來唸給你聽？」

「我看我快快看一下好了。」北富德說著伸出手來。當他碰到這封信時，他手顫抖得厲害。信一下自他神經質的拇指和食指指尖落下，「之」字形的飄了幾下，落在地板上。

「你唸吧。」他對白莎說。

白莎清清喉嚨唸道：

親愛的北太太：

你大概想知道，星期一下午一位到你先生辦公室來，門一關上就和你先生熱烈擁抱、親吻的女人是誰吧？也許你想見我，和我詳談，還是你想自己欺騙自己生活在象牙塔裡呢？無論如何，你記住，我是為你好。

你的朋友，祝你好運的人

白莎抬起頭來，從雙光眼鏡中看向北富德。「那個女人是誰？」她問。

「老天！誰又會知道她呢？」

「她是誰？」

「許桃蘭。」

「許桃蘭又是什麼人？」

「一個老相好。我幾乎娶了她。我們吵了一架——之後我結婚了。也許我的目的是表示不一定要依靠她。沒多久她也結婚了。」

「現在她在哪裡？」

「在城裡什麼地方。」

「有她地址嗎？」

「我——嗯——」

「有還是沒有？」

「是的，我有。」

「哪裡？」

「星雲公寓，十五B。」

「星期一怎麼回事？」

「她來找我。」

「常來嗎？」

「沒這回事，這是我結婚後，第一次見到她。」

「她一直住在洛杉磯？」

「不，紐約。」

「發生什麼了？」

「她來洛杉磯，想見我一下。她的婚姻不愉快，已經辦好離婚了。她不知我是否和梅寶維持婚姻關係。她來看看。她找到我辦公室，就自己進來了。」

「你的秘書在外面幹什麼的？」

「我自己也大出意外，一時說不出話來。彭小姐跟進來把辦公室門關上，桃蘭——桃蘭見到我很高興。」

「那是在彭小姐出去，把門關上之後？」

「是的。」

「於是你決心走進時光隧道，把日子退後一些？」

「也並不完全如此。」

「抱抱摟摟的？」

「不是，不是這樣的。」

「之後又見過她嗎？」

「這個——」

「見過還是沒再見？」

「見過。」

「見了幾次？」

「兩次。」

「一起出去玩？」

「吃一頓飯。」

「怎麼告訴你太太的？」

「辦公室加班。」

「嘿，」白莎說。「你也不必愁眉苦臉的。在我看來，也不過是一個普通丈夫而已。」

白莎隨便把信一摺疊，拋進自己的皮包，把剛自廢紙簍中拉出來皮貨公司彩色宣傳廣告摺好放進信封裡去。在封口處加了點膠水，把信又封好，交給北富德。「好了，」她說：「你找個機會，把信放回那放信的小桌上去，混在其他信裡面，就行了。」

北富德鬆了一口氣。「柯太太，你等於救了我的命。我實在——」

通外辦公室的門上響起了快快的敲門聲。

「什麼事？」白莎問。

卜愛茜問：「柯太太，我可以進來嗎？」

白莎看向房門問：「什麼事，愛茜？」

卜愛茜把門打開一條縫，自己自縫中鑽進來，把門小心地關上。

她輕輕地說：「南先生來了，在外間。」

北先生緊張地直握著雙手。「老天，怎麼辦？」他說。

白莎把座椅推後，站起來，她說：「交給我辦好了，他是我的肉。」

「千萬別讓他看到我在這裡。」北富德低聲有如耳語地說：「他要知道我們兩個認識，就慘了。」

「我說過由我來辦，」白莎說。她轉向愛茜道：「告訴他我很忙，反正今天是沒空見他了。萬一他一定要見我，可以先約好，我最早能見到他的時候，是明天早上十點半以後。」

卜愛茜點點頭，靜靜地自門中溜出外面一間去。

白莎面向北富德說：「他一走你就趕快回家，照我說的去做，也叫你的丈母娘去傷傷腦筋。」

第七章 地窖裡的屍體

柯白莎的晨操是喜歡在床上做的。早上醒來，她在床上伸手伸腳，儘量把每一根肌肉拉長，又抬頭、抬手、抬腿的亂七八糟運動一下子。折騰到自己認為夠了之後，她會伸手去拿床頭桌上永遠放好在那裡的香菸，輕鬆地享受她晨間第一支菸。

鬧鐘八點十分把她鬧醒，白莎開始她的晨間運動。

幾分鐘之後，白莎把兩個枕頭放在一起，墊在背後，自己半坐在床上，隔了厚枕靠在床頭板上，腿還在毛毯裡，享受溫暖和輕鬆。

窗外，洛杉磯又濕又冷，厚厚的濃霧密罩，半開的窗裡吹進來的風，潮潮的像在海上，玻璃上矇了一層霧氣。

白莎知道幸好自己另裝了瓦斯暖氣，不必去依靠公寓中央空調，否則很可能中央系統失靈，真會冷得長關節炎。何況住戶公決的，每天八點半之後，暖氣降低，只維持不冷得發抖，再過一下，就全關了。

白莎把肩部肌肉挺後，伸了個懶腰，把毛毯踢掉，發現外面比她想像又要冷得多。她把窗關上，把瓦斯暖氣爐開大一點，自己鑽回被窩去，再享受一下。

嘀嗒的鐘聲，似乎提出責難，比平時的聲音響了很多。

白莎坐起來，又拿了支菸，她怒視鐘面道：「你這會說謊的小鬼，現在哪會是八點四十五分，看外面天那麼暗，應該是七點四十五分。你再嘀嘀嗒嗒的亂叫，看我不把你抛到窗外去受凍。」

白莎把火柴擦著，把她的第二支菸點著。

電話鈴響了，白莎伸手去拿電話，想想又停住。「響吧，響死好了。天不暖和我就不起來。」

電話足足響響停停兩分鐘之久。白莎把菸抽完，用光腳試了一下地板的溫度，把雙腳套進有絨毛的拖鞋，把公寓門打開，拿進一匣牛奶，半匣喝咖啡用的乳酪，一卷晨報。她把房門關上，帶了晨報又上了床。

她一面看報，一面下註解地說：「說教……假的……去他的……嘿，討好人的……你以為我們都是——」她最後一個批評，因為樓下大門不斷的鈴聲響而打斷了。

白莎咕嚕道：「什麼人那麼不識相。」

嘀嗒響的鐘告訴她已經九點十分了。

公寓已經相當暖和了，白莎把所有蓋的都踢到床腳那一頭去。

樓下公寓大門上按鈴的人始終不肯罷手。白莎鎮靜地不去理他。她穿上一件晨袍，走進浴室，把淋浴蓮蓬頭打開。她正好淋了一半浴，樓上公寓房門口的敲門聲大大響起。

白莎的情緒大大受了影響，她咕嚕地跨出淋浴，把腿和腳擦乾，裹了一條大毛巾在肥軀上，把頭伸出浴室門大喊道：「什麼人呀？」

一個男人聲音在外面道：「柯白莎嗎？」

白莎粗蠻地說：「你想還會是什麼人？」

「我是宓善樓警官，讓我進來。」

白莎站在那裡，生氣地向門眨著眼，她說：「我在淋浴，我在辦公室見你好了，就約好——」她匆匆向鬧鐘看一下，「十點一刻好了。」

「抱歉，我現在要見你。」

「站在外面等，我至少要穿上些衣服才行。」

她回過房來，用毛巾把自己全身擦乾。

宓警官單調，用一個速度在外面敲門。

白莎故意賭氣慢慢弄，她穿上一件罩袍。慢慢走到門邊，一下把門打開。「即使你代表法律，」她咆哮地說：「你也不見得有權想什麼時候來吵別人，就來了。半夜三更的，把我叫起來。」

「九點三刻了。」宓善樓不吃白莎那一套，自顧走進來，又加上一句，「再說，你自己說在洗澡。」

白莎一腳把門踢上，酸酸地看向他道：「你倒不必把證件拿出給我看，以後出門也不必帶證件，盡可以留在家裡。這種吃相誰都知道你是警察，女士在穿衣服你要闖進來，帽子也不拿下來，抽著濕兮兮的雪茄，在我這沒有用早餐之前，來把房間弄得臭臭的。」

宓善樓警官又笑了。「你真對我胃口，白莎。只有我最瞭解你面噁心善，嘴巴凶得要死，心地倒是金子做的。我每次想起那件盲人乞丐的案子，我就想來邀你一起出去喝杯酒。」

「那有什麼用，」白莎嗤之道：「你幫過我什麼忙沒有？坐下來，看看報紙，我去刷個牙，不過幫個忙，先把那臭的掃把從你嘴上拿下來，拋窗外面去，那玩意兒——」

宓警官擦一根大火柴，把快要濕熄的雪茄屁股再點一次，用手把呢帽前沿一抬，把帽子放在後腦勺子上，算是脫帽了。他說：「早報早就看過了。你也不必刷牙了。你對北富德太太知道些什麼？」

「這跟你有什麼相干？」白莎立即警覺清醒起來。

「我看她是個粗心的家庭主婦。」宓善樓說。

「怎麼知道？」

「絕對不會說錯的。把屍體留在地窖裡，自己離家出走，忘記回去。」

「你在說什麼呀？」

「北太太家地窖裡的死人。」

白莎現在更小心了，有如一條鯉魚在看水面上一隻在點水的蒼蠅一樣。「她殺了什麼人？她自己丈夫嗎？」

「我沒有說她殺死什麼人呀。我說她把屍體留在地下室裡了。」

「喔！」白莎說：「我以為你在說她殺死了什麼人了。」

「沒有，我沒有這樣說過，至少目前還沒有。」

「那這件事和我一點關係都沒有。」

「我一直認為你是最喜歡協助警察的。」

「為什麼我要協助你們警察？」

「因為你還想吃這行飯呀！」

「當然，」白莎雙目注視著宓警官的臉，她說：「我會幫助警方偵破謀殺案，但是我沒有理由自動牽進案子去——只因為案子裡有一個粗心的管家婆，有多少具屍體？」

「只有一具。」

「放她一馬算了，只有一具屍體，何必硬要說她是粗心的家庭主婦呢？我看過以前有一打屍體紀錄的；再說，留下時間也不太久，很可能她只是——」

宓善樓咯咯地笑出聲來。「你也真是，你不見得是在開我玩笑吧。」

「我在開我自己玩笑。說給自己聽聽的。」

「那你繼續吧。」

「已經被你打斷了。」

「那就不必再浪費時間了，我們談正經的。」

「誰不正經了？」

「你。」

「我什麼地方不正經？」

「我也在這麼想，」宓善樓高興地說：「我發現這是你的習慣。一件事嚴重起來，或者有人要把你拉進去的時候，你就會像雞尾酒裡的一顆櫻桃，又圓，又滑，很難掌握。」

「你才是不肯正經地談話的人，你先說，死的是什麼人？」

「死人叫冷莎莉，二十六歲的年輕女人。」

「怎麼死的？」

「我們還不知道。」

「自然死亡嗎？」

「也可能是意外。」

「那麼，也可能是什麼呢？」

「也可能不是意外。」

「你真解釋得非常清楚。」

「這就是『以其人之道』了。」

「這個冷莎莉是什麼人？」

「那地方的女傭人。」

「屍體在那裡多久了？」

「一天左右。」

「就在地窖裡？」

「是的。」

白莎特別小心地問道：「北太太對這件事如何解釋？」

「什麼也沒有。」

「你說她不回答一切問題？」

「我們根本沒有辦法問她問題。她好像出走了。這就是牽涉到你的原因。」

「什麼意思？」

「目前我們知道的人當中，只知你是最後一個見到她的人。」

「誰告訴你的？」

「一隻小鳥。」

電話鈴聲又響起，柯白莎非常歡喜它這一次的打擾。

「請等一下，」她對宓善樓說。一拿起電話，她說：「哈囉。」

北富德的情緒十分激動，他說：「謝天謝地總算找到你了。我每一個地方都試過了。我試過你這公寓，你不在，你的秘書給的電話號碼——」

「好吧！」白莎說：「有什麼事，快說！」

「非常可怕的事發生了。」

「我知道。」

「不是，不是，這件事是所有倒楣事以外的。他們在地下室發現了莎莉的屍體。她是——」

「我知道，」白莎說：「有警察在我這裡。」

北富德的語音驚慌起來，「我就是想在他們找你之前先告訴你。你對他們怎麼說了？」

「什麼也沒有。」

「現在在你邊上嗎？」

「是的。」

「你什麼也沒有告訴他們？」

「是的。」

「能守得住嗎？」

「我認為有困難。只是暫時性的。你的太太在家嗎？」

「沒有，她一個晚上不見面。我丈母娘急死了，這就是為什麼會發現一具屍體的原因。她堅持親自動手要查房子裡每一間房間。她說她從地窖查起。我聽到她走下地下室，她大叫，昏倒了。我馬上跟下去，莎莉張手張腳仰臥在那裡——」

宓善樓很友善地打斷向白莎說：「白莎，我沒有把牽你的繩子拉緊，千萬別想把太鬆的繩子打個好玩的結，結果自己把自己拉太緊了。」

「這是代表法律的在講話嗎？」北先生問。

「是的，」白莎簡短地回答。停在那裡。

北富德說：「我告訴警方有人寫了一封匿名信給我的太太。我告訴他們我無法拿給他們看，因為它在你手裡。我沒有特別告訴他們，我為什麼聘請你。只是把大概情形說明，全盤的事只是稍稍提起而已。」

「很好。」

「我現在認為我們應該給這些警察看第一封信，柯太太，這封信可能和莎莉的死亡有關。可能也只有第一封信和這件案子有關，至於第二封信，就是我們昨天打開的那一封，我認為和本案毫無關係，我不想給警察知道有這封信。」

「為什麼？」

「因為我不希望把許桃蘭也拖進來。」

「為什麼？」

「我告訴你我不希望把許桃蘭拖進來。我不要她被宣傳，這封信會造成不良後果的。」

「為什麼？」

「你還不瞭解嗎？這件事並不單純，有很多角度，警方會使許桃蘭難堪的。」

「為什麼？」

「老天，你看不出來呀！我太太可能——我們無論如何要保護桃蘭。」

「為什麼？」

「天咒的，除了為什麼你不能說些別的嗎？」

「目前不行。」

北富德研究一下她的理由。

柯白莎準備接受宓善樓的干涉。她問：「莎莉怎麼回事？她怎麼死的？是件意外嗎？是不是被殺的，或——」

「多半是件意外。」

「說。」白莎道。等候宓善樓來禁止。

「顯然的莎莉正在削洋芋皮，她去地窖拿些洋蔥，手上拿只盤子，裡面有削過皮和沒有削過皮的洋芋。她右手又拿著一把削洋芋的長刀，她摔下樓梯去，長刀刺進了胸腔。」

白莎體會著他所說的一切。她問：「有什麼使人想到這件事不是意外嗎？」

「可以說有。」

「什麼？」

「屍體的顏色。」

「那有什麼分別呢？」

「警察說這是一氧化碳中毒的特徵。」

「說下去。」

「就我聽說，警察認為那把刀可能是在她一死立即被插進屍體去的，而她的死因好像不是這把刀。」

「懂了。」

「我要你想辦法把這件事弄清楚。」

「什麼方式？」

「我太太一定是會受到嫌疑的。我要你告訴警方有關匿名信的事，告訴他們我太太的失蹤純為家庭問題；她是要離開我才失蹤的，不是為了她幹了謀殺案。」

「我懂了。」

「另外還有一個原因我不希望第二封信給牽出來。桃蘭是個大美女。假如她在這件事裡一出現，報紙會認為大眾對這件事會有興趣。她的照片……你知道他們喜歡登美女的照片。」

「大腿？」白莎問。

「當然。我不喜歡桃蘭被他們這樣宣傳。」

「為什麼？」

「那樣不恰當。」

「為什麼？」

「老天，我太太在吃莎莉醋，莎莉死了。為什麼再要拿一個桃蘭出來宣傳，想再製造一個被害者嗎？把桃蘭放在這件事之外。我告訴你，不可以拖她進來。」

宓善樓始終沒有開口禁止他們交換意見，這是非常不平常的現象，柯白莎一下警覺起來。她偷偷自肩後看去，看到的宓警官把嘴裡的濕雪茄尾巴高翹在一個攻擊性的角度，他已經退到一張她放她皮包的桌子邊上，桌上的皮包拉鏈已經拉開，他現在正津津有味地看那兩封原先放在白莎皮包裡的匿名信。

白莎大大生氣地說：「你渾蛋，你……你……」

北富德的聲音自電話那一端說：「怎麼啦，柯太太，我沒有——」

白莎急急向電話說：「我不是說你，我是在說那條子。」

宓善樓連頭也沒有抬。這兩封信使他入迷了。

「條子在幹什麼？」

白莎洩氣地說：「太晚了，你在和我說話時，我一下沒有注意，沒有經我同意宓警官打開我皮包，把兩封信都拿去看了。」

「喔，老天！」北富德大叫。

「以後，你不要指揮我做事情的方法。」白莎怪在別人身上似地說。

她也不等答覆，把電話往鞍座一摔，差點把它摔破。

宓善樓把兩封信摺疊在一起，放進自己的口袋，把柯白莎的皮包拉鏈拉上。他沒有看到白莎自北富德辦公室偷出來的備忘錄，也許是看到了，但認為沒什麼了不起。

「你還真認為你有權到老百姓房間來偷竊東西，還可以帶出去？」柯白莎黑臉地指責他道。

宓善樓曖昧地說：「那是因為我知道你不會在乎我如此做的，我們是老搭檔呀。」

「不在乎?!」白莎大叫道：「你豈有此理，我可以把你腦袋打開花——假如你腦袋裡會有腦子，我算輸了你！你自大，穿老虎皮壓人，自以為大家會怕你，你這個——」

「免了吧，白莎。」他說：「你吵也沒有用。」

柯白莎咬牙切齒，雙手握拳瞪視著他不開口。

宓善樓說：「為什麼呢，白莎？你反正不會隱瞞我的。我問北富德，他說的信在哪裡，他說在你手中。他說他最後看到的時候你把信放進了你皮包。所以我自己動手了。」

「你沒有嘴，不能問我的呀？」

宓善樓露出牙齒，笑著說：「白莎，我有一種想法，北富德沒有全說實話。他可是太急於告訴我一封信的事了。我每次一問他，他就快快的要說那一封信。我做警察太久了，你見到像他那種人，他主動急急提供你消息，就是因為怕你問到敏感的問題。所以我一下就想到了，會不會不止一封信。」

「我想你也知道他會打電話來警告我，所以電話一響你就去掏我的皮包，別忘了，我嘴巴很快，你會吃大虧的。」

「當然你可以。」宓善樓不在乎地說：「但是，我知道你白莎不會如此幹的。在這個社會本來是適者生存的，你騙我一下，我反騙你一下。你偷偷打了我腰部以下，我也不會去找裁判申怨……算了，我們來談談那個伸手抱他的小妞吧。」

「小妞怎麼樣？」

「她是誰？」

「我不知道。」

宓善樓把舌頭放在上顎上嘖嘖出聲，不表同意地說：「白莎，你總不會把我當小孩子看吧！」

「你怎麼會想到我知道她是誰呢？」

「照你的性格，你會放過北富德不逼他告訴你小妞是什麼人呀？」

「根本沒有什麼小妞？」白莎道。

「什麼意思？」

「那只是匿名信。」白莎說：「匿名信你能相信呀？」

「你怎麼知道根本沒有這個人？」

「北富德告訴我的。」

宓善樓歎氣道：「好吧！看樣子目前只好讓它這個樣子了。」

「北太太的媽媽怎樣了？」白莎問。

「半崩潰，媽媽和妹妹都夠受的了。兩個人不斷分別打電話到總局看有沒有報告北太太發生車禍。最後谷太太突然想到北富德可能用棒子打了自己太太的頭，又把她藏在屋裡什麼地方，所以她開始在房子裡逐間地查看。說是要從地窖查到閣樓。她從地窖開始……那是今天早上不到八點的事。她看到的差一點把她嚇昏過去。要知道一開始她以為那是北太太的屍體。不過她仔細一看根本完全是陌生人。北富德說這是莎莉。」

「谷太太不認識這女傭人？」

「顯然不認識。谷太太住在舊金山。梅寶用了這個新女傭之後，她沒有下來過。」

白莎道：「我看不出這一切和我有什麼關聯。」

宓善樓用鞋底擦著一支較大的火柴，想把他那半截熄了火的雪茄再燃著。

白莎道：「我看你倒不在乎，不過這渾蛋雪茄——味道的確使我倒胃口。」

「真不幸，看來你還沒有吃早飯。」

「正在想先弄一杯咖啡喝一下。」

「好極了。煮一些又香又濃的好了。我也想來一大杯。」

白莎跑進浴室，快快把衣服穿好，走出來把床鋪好，把壁床收回牆壁上去，使房間變大一點。她走進小廚房，把一隻大咖啡壺放上爐子，她對善樓道：「我想要是我做好了蛋，你也不會拒絕的。」

「沒錯，兩個。」

「土司呢？」

「喔！當然，不過醃肉要又多又脆。」

白莎什麼也不說，一個人在瓦斯爐前忙著。嘴巴閉成「一」字形，生氣地不開口。

宓警官——帽子在後腦勺子上，雪茄由於才重新點過，藍煙裊裊——把自己身體站在小廚房門口。「我只是陪你吃早餐。」他說：「吃過之後，第一件要做的是由你陪我去看北先生，我們三個應該好好聊聊。」

「你為什麼一定要把我拖進去？」白莎問。

「我認為你可以幫我的忙。」宓善樓說：「萬一北富德說謊，你可以告訴他，他脫不了身的，最好還是實話實說。」

「喔！由我來告訴他，是嗎？」白莎揶揄地說，手裡拿著一只平底鍋，正想放上爐子，鍋子成四十五度的角度，停留在半空中。

「一點也不錯，」宓善樓道：「你有你的智慧盲點，但是你一點也不笨。」

宓善樓看到白莎臉上顏色的改變，他露齒和藹地說：「我看我最好先打個電話給姓北的，約好一下時間，免得他有藉口。」

他離開小廚房門口。白莎聽到他在另外一間房裡撥電話，聽到他低聲說話，他又回來站在小廚房門口。

「好了，白莎。他會在辦公室等我們。他不要我們去他家裡，說是他的小姨子會偷聽我們在談什麼。」

白莎沒有搭腔。

宓善樓故意大聲地打了一個哈欠，自己走出去選了最舒服的一張椅子坐下來。他把腿伸直，打開今天的報紙，翻到體育版。

白莎把盤子、杯子、刀叉放在她早餐小桌上。

「告訴我一些便衣條子的習慣好嗎？」她問宓警官。

「哪一方面的？」

「他們吃早餐的時候脫不脫帽子？」

「不行，那會失掉他們社會地位的。他們只在洗澡時才脫帽。」

「你那個蛋要煮多熟？」

「三分十五秒——再說一下，不是『那個蛋』，而是『那些蛋』，多數。指兩個或兩個以上。」

白莎把一只盤子重重碰到桌上，幾乎擦破了。「餵你吃早餐有一個困難，」她說：「那根死臭的雪茄在嘴巴裡，不知你怎樣喝咖啡？」

宓善樓不回答。他正在細讀一則拳擊的報導，那拳賽他昨晚也在場觀賞，他要把記者的報導和自己的意見比對一下。

「好了，」柯白莎說：「來吃吧。」

宓善樓，把帽子和雪茄拿掉，用口袋裡的小梳子把頭髮梳一下，走到早餐桌旁，伺候白莎先坐下，然後自己也在白莎對面坐下。

「好了，白莎，你好好地享受一下咖啡，然後你攤牌的時間到了，給了你那麼許多時間，你該足夠做決定了吧！」

白莎倒一杯咖啡，淺嚐一下又熱又香的味道，她說：「好吧，我什麼都告訴你。我應該跟蹤北太太，但是我跟丟了。她是去看寫這些信的人的。我去北先生辦公室。我先找他私人信件來往的檔案，希望能找到一些和我想像符合的線索。」

「什麼是你想像中的線索？」

「一位打字專家，自己家裡又有一部手提打字機。」

「我沒有懂。」

「你仔細看一封打字機打的信可以看出很多故事來。打字的輕重一致，間隔收尾整齊，可以看出這是一流的打字能手打的信。這類秘書薪水高，也有最好的辦公室設備。但是用的是底線不太平整的手提打字機，那一定是在家裡打的字……我有幸找到了答案。」

「說說看，答案是什麼？」宓警官說。

「彭茵夢，那個淺灰眼珠，坐在北先生接待室裡，一臉要做一個有效女秘書的騷蹄子。」

宓警官把煮雞蛋的殼打破，慢慢地用手指剝著蛋殼。

「你看看，」白莎道：「你覺得怎麼樣？」顯然她在等他對於她自己推理能力的一點激賞話。

「稍稍過火了一點，」宓警官說：「不過管它呢，我吃得下去。」

第八章 對街的窗

宓善樓警官把漆著「北富德——推銷工程師」的辦公室門推開，自己站向一邊，讓柯白莎可以先進去。

「別以為我們都是不懂禮貌的。」他一面咕嚕著說。

「嘿，樣板戲。」白莎說，邁步先走過去。

彭茵夢自打字機上抬頭看。柯白莎看出她曾經哭過。彭茵夢把自己眼光轉向，一面說：「你們請過去，他在等著你們。」

宓警官看向白莎，白莎用極小動作點了一下頭，宓警官又留意地看了打字機前面的彭小姐一眼。

彭茵夢好像可以感到警官側視的眼光，她的背直直的，也不抬頭望，手指繼續她熟練的打字工作，嗻嗻嗻地使辦公室變成很有效的氣氛。

通內間辦公室的門打開，北富德說：「我聽到有人進來，想來是你們來了。早安，早安！請進來，請。」

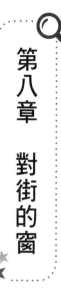

他們進入北先生的私人辦公室。

宓警官把自己先向一張椅子一坐，從西裝背心中拿出一支雪茄，東掏西掏在找火柴。柯白莎像個董事長來指導經理業務似的，也坐了下來。

北富德在辦公室後的椅子上神經質地扭動了幾次。

宓善樓終於點上了雪茄，把火柴搖熄，拋進一只小壁爐，小壁爐裡有一些文件正在燃燒。善樓抬起眼看北富德。「怎麼樣？」他問。

北富德說：「我想柯太太已經把一切都告訴你了。」

宓善樓經過雪茄菸的藍煙向北富德露齒笑道：「我認為她沒有把一切都告訴我了。不過她告訴我的比你準備告訴我的要多得多。」

「恐怕我不懂你說的話。」北富德說，一面裝著嚴肅狀。

「第二封信怎麼回事？」宓善樓問。

北富德神經地說：「我本來準備過一下再告訴你的，我要一點時間來研究一下。」

「你現在已經有時間想過了。」宓善樓說。

北富德點點頭。

「為什麼要花時間想呢？」

「也沒什麼，不是你想的原因。」

「那就不必要花很多時間去想呀！」

北富德清清喉嚨。「一個叫許桃蘭，我相當熟悉的女人來看我。她很高興見到我了。我也好久沒見過她了。她進城來順便看我，是在電話簿找到我地址的。她不知道我還是有太太的——沒有離婚。」他顛顛倒倒地說。

「什麼叫你還有太太，還沒有離婚？」

「我——有一段時間和她很好，然後我結婚了。」

「她不喜歡，是嗎？」

「她自己在一、兩個禮拜之內也結婚了。」

「但是在你結婚的時候，她不喜歡，是嗎？」

「我不知道，我沒有問她。」

宓善樓把雪茄自嘴巴中拿出來。他的眼光討厭地看向他。他說：「問你問題，要直接回答，不要亂兜圈子。」

北富德說：「你說對了，桃蘭不喜歡我玩這一招。」

「你結婚之後，見過她嗎？」

「直到她來看我之前，沒見過她。」

「她來幹什麼？」

「她離開她丈夫了。她——她想見見我。」

「好吧！所以你也就和她玩上了。」

「我——我也喜歡她來看我了。」

「又吻了她？」

「是的。」

「不止吻一次吧？」

「我——也許，不過只是如此而已。只吻了而已——要知道，我喜歡她來看我了，一如你突然遇到一個好久不見的朋友，你會喜歡。」

「約好在外面見面嗎？」

「沒有。」

「她把住址留給你了嗎？」

「有。」

「什麼地方？」

「星雲公寓。」

「你有去那裡嗎？」

「沒有。」

「去拜訪她？」

「沒有。」

「她要你去看她嗎？」

「沒有特別邀請，她只是告訴我她住在哪裡。」

「她坐在哪裡？」宓善樓問。

北富德不懂地說：「我不懂你意思。」

「我是指她在這房間的時候，坐在哪裡？」

「喔！那張椅子，柯太太現在坐的那張椅子。」

「那是遠在辦公室一端的一張椅子呀！」宓善樓說：「白莎，你向外看看，告訴我你可以看到對面哪一扇窗子？」

「我不明白，」北富德說：「這和這件案子有什麼相關？」

宓善樓有耐心地解釋道：「那位寫第二封信的仁兄，一定要在許桃蘭來拜訪你的時候能夠看到這辦公室裡的一切才行。我注意到對面也是一個辦公大樓。這巷子並不寬闊，在剛到下午的時候，光線也正好可以使站在對面窗後的某一個人，看到這辦公室裡的一切。」

北富德蹙眉想了一下，他的愁臉開霽了。「老天！這倒是一個好主意，你認為是對巷的大樓裡有人在偷看這裡。」

柯白莎說：「你們在胡說什麼？一切答案都在你這個辦公室裡。」

宓善樓蹙眉暗示她不要開口。突然他改變攻擊的方向。

「信的本身有什麼可以看得出的線索呢？你想想，什麼人會知道桃蘭星期一曾經來過這裡呢？」

「沒有人知道。」

「你的秘書怎麼樣？」

「她對許桃蘭的事一點也不知道；以為桃蘭來訪是業務上的關係。」

「那桃蘭，在星期一是什麼時候來這裡的？」

「我不知道，大概——是三、四點鐘吧。」

宓善樓用手指指向電話，「把她叫來這裡。」他說。

「誰？」

「你的秘書。」

北富德把電話拿起來，向電話說：「請你進來一下好嗎？」

彭茵夢進來，宓善樓說：「星期一，一個叫許桃蘭的人到這裡來，是幾點鐘？」

「等一下，我去看一下每日日記本。」

「她有預約嗎？」

「沒有。」

「好吧，你去看你的日記本。」

茵夢回到她自己的辦公桌，拿來她辦公室日記本，打開來，用手指指著說：

「許太太在星期一下午二時二十分進來。她三點十五分離開。」

「她沒有預約？」

「沒有。」

「你覺得奇怪嗎？」

「是的，有。」

「知道她來的目的嗎？」

「不知道，北先生說不必收費用。」

宓善樓把頭仰向椅後，把雙目閉上問：「她長得如何？」

「是個金髮碧眼，身材好，衣服好，有吸引力，仍很年輕，不過——有點詭詐，一付自私的樣子，她是想要什麼就伸手的人。」

北富德說：「彭小姐，你這樣形容人是不太公平的。你——」

「這裡由我在主持。」宓善樓打斷他的話，他的頭仍仰在後面，眼睛還是閉著的。「那許太太對你說，她要見北先生，是嗎？」

「是的。」

「你就問她，她有沒有事先約好，是嗎？」

「是的。」

「她怎麼回答？」

「她說我只要告訴北先生她在外面，北先生一定會見她的。」

「我看北先生業務並不忙，」宓善樓說：「那些問她有沒有預約等等，只不過是加深訪客印象的做作，是嗎？」

「是的。」

「所以你走進來，告訴他一位許桃蘭太太在外面，是嗎？」

「她要求我通報是許桃蘭要見他。她特別指示說許桃蘭就可以了。」

「通報了之後，北先生怎麼說？」

「他說請她進來，說她是他的朋友。」

「有情緒激動嗎？」

「沒注意到。」

「他們兩個見了面，又如何呢？」

「我不知道，我不在現場。」

「北先生有沒有到門口來接？」

「我為她把門打開時，他正準備繞過桌子出來。我聽到他說她的名字，好像他很高興見她似的。」

「之後呢？」

「我把門關上了。」

「有看到他吻她嗎？」

她臉紅地說。「沒有。」

「什麼時候又再見到她？」

「三點十五分──她出來的時候。」

「還有什麼人知道她來了這裡？」

「據我知道沒別人。」

「她來的時候，外辦公室除了你之外沒有別人在嗎？」

「沒有。」

「她離開時有人跟蹤她嗎？」

「這一點我不能肯定。我想來是不會有的。她在裡面的時候，沒有人進來過。」

白莎突然衝出來說道：「盡亂兜圈子有什麼用。她就是你要的人。」

宓善樓皺起眉毛，不高興柯白莎道：「白莎，你這樣說法就不對了。」

「我有什麼不對？」

宓善樓經過窗戶，看向對巷的大樓。「還是有許多證據說我的對巷大樓理論是有點道理的，白莎。」

柯白莎轉向彭茵夢，把皮包拉鏈拉開，自皮包中拿出那張她自北富德私函檔案上偷竊到手，打字打出來的備忘錄。「是誰打的這張字條？」她把字條湊到彭茵夢的眼前。

「怎——怎麼啦，我想是我打的。這是我放在北先生私人聯絡信件檔案上的一張一張——」

柯白莎對宓善樓說：「把那兩封信交給我。」

白莎把信和備忘錄平攤在桌子上。「你仔細看一下，女孩子，這都是在同一架打字機上打出來的吧？」

「我——我不知道。你想要幹什麼？」

柯白莎冷血無情地說：「你這刁滑的小妮子，我就是要把你刁滑的一面找出來。你愛上了你的老闆，你以為把老闆娘氣走，你可以和老闆結婚。你寫匿名信給北太太。你知道你老闆和女傭人搞不清楚。你從門縫裡偷看，知道老闆和許桃蘭的關係。你認為這樣一密告，老闆娘和兩個情敵同時消滅了。你寫信給北太太，一面又在辦公室裝好人。可是我一看就知道你是口蜜腹劍的假好人。」

彭茵夢現在在哭，她邊哭邊說：「我——我根本不知道你在說什麼東西。」

柯白莎有恃無恐地說：「你當然懂我是什麼意思的。我來證明給你看。這些信都是有經驗的打字專家打出來的。她能十指都用，輕重畫一，間隔整齊地打任何文件。但是這些信都是用手提打字機打的。是雷明頓，早期型式的手提打字機。你說過你家裡有一架手提打字機，你就是用那台機器打出來的信。這張備忘錄不是用辦公室那台打字機打的。我從你那裡騙到過你們辦公室那台機器打出來的樣本。現在你還有什麼要說，要不要告訴我們實話了？」

「你真有兩手！」北富德低下頭看著那備忘錄說。

柯白莎有信心地向他微笑：「出乎你大大的意料之外吧，是不是？你絕不會知道就在你自己辦公室，有那麼大一個——」

「不是為這件事，」北富德打斷她說話道：「而是為了你說起雷明頓手提型的事。」

「這又怎麼樣？」白莎問。

「那是我太太的打字機。」

開向外辦公室的門打開了。谷佳露小姐獨特的藍眼珠帶了她自己一陣風捲進來。她說：「接待室裡沒有人，所以我就自己過來了。希望我沒有打擾——」

什麼人也沒有理會她。柯白莎用一隻手指指著彭茵夢。她說：「看看她，你就知道我說得沒有錯了。這騷蹄子可能是用你太太的打字機打的信，但是她打的這些信是不會錯的。是她！她……」

「你亂講！」彭茵夢大叫：「再說，我家裡的手提打字機不是雷明頓，是可樂娜！」

谷佳露，眼睛張得大大的，沿了房間的邊緣走動，把自己停在壁爐前，背向著壁爐，不再出聲，奇怪地看向這些人。

「試試否認你在愛你的老闆。」白莎追擊道：「試試否認你以為只要把他太太趕走，你的心願就可以達成。不管怎麼說，信是你打的！一定——」

「等一等，」北先生插嘴道：「這些信不可能是她打的。有一天我太太的打字機正好在這辦公室裡，她也是那一次打的那張備忘錄。我太太的打字機是我帶來順便請人保養的，保養好了由茵夢試著打一下，從此我就拿回去了——這件事我記得很清楚。」

「那——這兩封信也是『她』在那天一起打好的。」白莎再次出擊。

「這不可能，這事在前，兩個女人都——桃蘭的事是後發的。」

宓善樓問北富德：「還有什麼人可以利用那台打字機？」

「沒有，我想沒有，我太太的親戚也許——」

宓善樓的眼睛變小，他說：「當然還有那女傭人。」

「莎莉？」

「是的，你以為我說什麼人？」

北富德說：「怎麼啦——當然你是說莎莉——但是莎莉怎麼會寫封信給我太太，說她自己和我有染呢？說不通的。想法太荒謬了。」

「但是莎莉是可能拿得到這打字機的，是嗎？」宓善樓堅持地問。

「那沒有錯。是的。」

彭茵夢倒坐向一張椅子上，手拿著手帕撫在眼睛上，房間裡談話聲一有間隔，她就把哭泣聲拿來墊補。

宓善樓對白莎說：「我看你是對的。但也許不完全對。這件事裡是有不少不對勁的地方……姓北的，你給我站起來，少兜圈子，把這張椅子放到那一天許桃蘭來看你的時候完全一樣的位置……好，這就是那天她坐的位置，是嗎？好——我來坐上去，我來看看從這角度，對街什麼窗子可以看到我。」

宓善樓前後左右的移動他的坐姿，擴大他的視野。

「彭小姐，把眼淚收收，拿出你的速寫簿來，給我把這些辦公室記下來：牛醫師，內外科……張百齡，牙科……這個牙科醫生最有可能，我們先從他著手調查；那牙科椅子老對著窗口，我從這裡可以看過巷子，看到有個病人在他椅子上。給我先找出他們的電話號碼來，茵夢，我叫你把眼淚收起來！」

茵夢可能根本沒有聽見他說的話。她還坐在椅子上在哭泣。

宓警官自椅子中站起來，走過去，抓住她肩膀，搖著她說：「把眼淚收起來，要哭回家去哭，我是在辦一件謀殺案，起來給我查電話號碼。」

彭茵夢向上看向他，看到他認真的表情，突然站起來，伸手經過北先生的辦公桌，拿起一本電話簿開始看黃色的部分，手帕不時的向眼角擦擦。

北富德遞給她一本小拍紙簿和鉛筆。他輕輕地拍著她的手臂。「好啦，好啦，彭小姐。」他說：「不要放在心上。」

她把手臂縮回去，很快地找到她要的號碼，在拍紙簿上寫下來，把寫上號碼的一頁撕下來，遞給警官。

宓警官拿起電話，撥了號碼，說道：「這是警察總局的宓警官，我要和張百齡牙醫師親自講話……是的，警察總局，重要事……請他自己來講話……」他一面等講話，一面拿起放在辦公桌邊緣快要熄火了的雪茄，抽吸幾下，使它重新又點燃起來，然後用一個攻擊性向上翹的角度，咬在嘴角上。突然，他把它拿下，對著電話道：「哈囉，張百齡醫師嗎？……是的，是總局的宓警官。請你看一下你的登記簿，告訴我星期一，下午兩點到三點十五分之間，是什麼人坐在你這張牙科診療椅上面……不是，只要病人的姓名就可以了……好，這就是那個男病人的名字，是嗎？姓哈的。可以，我知道了。他的下面又是哪一位呢？」

慢慢的宓警官的臉上浮起了笑容。「是太太，還是小姐？」他問。

「原來如此，謝謝你，大夫。我以後還會和你聯絡……是的，目前我知道這一些就可以了。」

宓善樓把電話放下，對著柯白莎，露出了不少牙齒。

「那位張百齡醫師牙科椅子上第二位病人，」他說：「從兩點十五分到兩點四十五分是冷莎莉小姐。白莎！」

第九章　白莎收手

柯白莎走進辦公室的時候，卜愛茜自打字機上抬頭看向她。

卜愛茜說：「我想你把十點三十分和南喬其先生有約這件事忘記得乾乾淨淨了，是嗎？」

「那倒是真的，」白莎承認道：「他來過了嗎？」

「非但來了，他不斷在這裡踱來踱去，猛咬下嘴唇。他極度神經質和不安。」

白莎一屁股隨便坐下，「嘿！」她說：「這就是和警察稱兄道弟的結果了。這渾蛋警探今天早晨在吃早飯之前闖進了我的家，讓我餵了他，把我拖來拖去好像我是他的副手似的……他管我有沒有自己的事要做。我自己的事可也是重要的！不做事哪來飯吃……他離開的時候是不是很不舒服？」

「我怎麼會知道？至少他擔心極了。他用了兩次這裡的電話。」

「你沒注意他撥的是什麼電話號碼吧？」

「沒有，他只叫我給他一個外線。之後，他自己撥的號。」

「有要你轉什麼話嗎？」

「要你一上班馬上和他辦公室聯繫。」

白莎露齒道：「再也神氣不起來了嗎？神氣活現！在我耳朵聽著的時候摔話機?!嘿！」

「我個人覺得他擔心到發瘋了。」愛茜道：「那個盯上你的警官是哪一個？宓善樓嗎？」

「嗯哼。」

「我認為他倒不是壞人。」

「你要喜歡條子的話，他是個好條子。」白莎厭煩地說：「我天生不喜歡條子。只希望和他們分得遠遠的。他們都一樣的自以為了不起。隨便到別人家中，吆五喝六的！真是去他的！」

「到底為什麼？」

「看起來好像北太太謀殺了人了。」

卜愛茜的眼睛睜得圓鼓大。

白莎說：「可能是意外，不過警察不如此想——我也不如此想。」

「死的是什麼人？」

「冷莎莉，北家的女傭人。」

「有動機嗎？」

「妒嫉。」

「為她丈夫。」

「有封匿名信說她丈夫和莎莉在鬼混，說莎莉肯去他家做女傭為的就是接近他。但是，這封信好像是莎莉自己寫的。」

「那是為什麼呢？」

「也許是可以藉機攤牌。她在愛北富德。北富德拖拖拉拉的，當然不肯為她離開太太。他也不可能這樣。因為他的錢都在太太那裡。反正就是這樣一筆爛污帳。」

「北太太說什麼？」

「北太太連鬼影子也見不到。她溜了。她一定是在我去跟蹤她之前殺的人。也可能是我去她丈夫辦公室的時候。」

「這個姓北的，交際倒實在廣闊得很。不少女人在他生活圈子裡——真是不少。近因很可能是因為他的一個老情人在星期一去他辦公室，他女秘書又懂得在她進去後把辦公室門關上，冷莎莉又正好在他辦公室對窗的牙科診所看牙齒。從對窗的牙醫椅子上看向這邊辦公室內景，可以說清清楚楚。」

「你在跟蹤北太太的時候，她會不會緊緊張張好像犯過法似的？」

「一點也不像才殺過人的樣子……等一下，她一定是在我跟蹤她之後才去殺的人……一定是這樣！老天！我為什麼早想不起來呢？」

白莎的語調越來越激動。

「為什麼？」愛茜問。

「我在跟蹤她。她走出屋子來，順手帶著她的貓，帶上汽車，開車離開——去一個她在電話上聯絡好的地方。她手裡除了皮包之外，並沒有任何大一點的手提物品。然而，她突然經過一個十字路口，搶一個快要變的燈號，把我拋掉。她回到自己家去，把莎莉殺了，把必要的東西裝起來，再溜掉……為什麼？」白莎自己問自己，興趣在漸次增高。「我說不出她起意要殺人是什麼時候的事。一定是在要過那十字路口之前不久。再想想看，有什麼因素，使她在開車的時候，突然想到要趕回去殺掉她的女傭人？」

「你想是那一個時候，有什麼東西，激發了她的決心？」卜愛茜問。

「應該是沒有錯的。她車開得不快，顯然沒有注意到我，一心出去和打電話給她的人見面，突然她發起瘋來，經過十字路，左轉，之後一定又左轉，回頭了。我以為她一定右轉，所以跟了個空。」

「你準備怎麼辦？」愛茜說：「你要幫北先生來證明她是無辜的嗎？北先生到底肯不肯忍受自己的太太？」

「忍受！」白莎喊道：「他要比忍受自己親兄弟更忍受得厲害。沒有她，他連乘計程車錢也沒有。他必須要把她找回來，想辦法把事情解決掉。」

「那麼你要想辦法證明她是無辜的。」

「我？」白莎宣佈道：「我要去釣魚了。」

「我不懂。」

「我們這個合夥事業，當賴唐諾在這裡的時候，最大的困難是他不知道什麼時候該收手。他以為他是萬能的。不管運氣背到什麼程度，他還是不下車，死活玩下去。」

「他不是每次都脫險歸來的嗎？」愛茜據實地說。

「那是沒有錯，」白莎道：「但是他脫險的時候身上也剩不了多少皮毛，這種生活對我而言太緊張了。」

「對於這件案子你要脫手不管了？」

「脫手，沒這回事。」白莎道：「本來就沒有上手。北先生要我用兩千五百元擺平一件兩萬元的裁決賠款。好，我給他辦妥了。結果如何？他沒有錢，錢要等他太太帶出來。他找不到他太太，因為他太太——」

「他太太怎麼樣？」卜愛茜看到白莎自動停下來，就問道。

「我只是猜一下，他太太的出走可能是因為殺了莎莉的緣故。當然，也可能她發現了莎莉的屍體所以才出走……不管怎麼樣，她溜走了。北富德找不到他太太，他就無法找到擺平這件案子的鈔票。」

「你想他會另外委託你去找他太太嗎？」

「也許，但是我找得到嗎？那麼許多警察都出動在找她。他們接觸面大，人數又多。我怎能和他們競爭。我要去釣魚。唐諾的毛病是不會知難而退，我懂得，我要退。我要在自己混進去混得太深前，知難而退。」

柯白莎示意地向自己私人辦公室方向一指。「裡面有沒有什麼信件？」

「半打信件。」

「重要的有嗎？」

「沒有緊急要回信的。」

「好吧，我不進去了，我就從這裡開始溜。」

「南先生再回來我怎麼跟他說？」

「告訴他有人招我出城辦事去了。每個人來你都這樣告訴他，北富德、宓警官和所有的有關人員。我要到這件事結束之後再回來；到時候也許輪到我來撿一點鈔票。目前。我知道，我要是把頭伸出去，難免喀嚓一下……再說，現在抽腿尚還不晚，否則，一旦牽進去，一定要等案子結束才可打退堂鼓。我為什麼要那麼辛苦，我要去休閒一下。不要自找麻煩。」

「萬一有緊要的事，我到哪裡去找你呢？」

「拜波島。」

「假如宓警官找你，要你做證人？」

白莎的臉鐵青，無味地說：「叫他自己去……算了，告訴他我出城去了。」

「他可能會以為你到什麼地方去會北太太了。」

白莎惡意地露齒道：「讓他去以為好了。我還希望他會。我更希望他派人跟蹤我。這可惡的傢伙我還希望有一天他被自己的雪茄菸哽死。」

柯白莎環視辦公室一週，開始向門口走去。

白莎的手正伸向門球時，電話鈴響了。

卜愛茜伸手去拿電話，兩隻眼睛看向白莎問她的指示。

白莎說：「我知道你要是說了謊，良心會好幾天不得安寧。這樣好了，我幫你一個忙，使你不必說謊，說我不在這裡。」

她一下把門拉開，一腿就跨出了走道。

第十章　開庭通知單

柯白莎大步邁往辦公室，臂上夾著幾份捲起來的報紙。

卜愛茜說：「我曾經想找你，但是找不到。你離開了旅館。」

「要趕潮，所以一定要早起。」白莎解釋道。

「運氣怎麼樣？」

「魚兒不上鉤。」

「一個男人已經來了兩次了。」愛茜道：「他不肯留下姓名，他說有十分重要的大事。」

「他看起來有錢嗎？」白莎問。

「不多，像是個一般拿薪水的。」

「嘿。」白莎說。

「他會再來的。他急著想見你。而且說一定要親自見到你。」

「我會見他的，」白莎道：「而且我一定得見。唐諾既然去歐洲，留我吃辛吃苦替他賺錢，我就選一些容易的案子，吃不太飽，也不餓著，沒有危險，也不吃力——」

門被打開。

卜愛茜一看來人，急急低低地說：「他又來了。」

柯白莎把「接見客戶」的笑臉擺在臉上，她迎向來客，全身透著能幹的姿態。

「早安！我能幫你什麼忙？」

「你是柯太太？」

「是的。」

「柯白莎？柯賴二氏私家偵探社，兩位老闆之一？」

「沒錯。」白莎微笑道：「請你告訴我，你想要我做什麼？很多偵探社只接他們在行的案子，我們這個偵探社什麼案子都接，只要有鈔票。」

那男人把手伸進他上衣內口袋，「很好，柯太太，請你先接這個。」他說。

他把一疊文件塞進柯太太手裡。她拿起來，一面看上面的打字，一面問：「這是什麼？」

對方的回答快得有如機關槍開火。他說：「洛杉磯郡高等法院開庭通知單。原告彭茵夢，控告被告柯白莎。這裡是給柯白莎本人，及柯賴二氏中柯白莎部分的相同兩分開庭通知單和原告聲訴書。高等法院要你柯白莎本人出席的時間是——」

白莎把拿著文件的信收回，想要把文件摔出去。

「別這樣。」那人警告她說：「這樣對你半點好處也沒有。有什麼問題，可以去請教你的律師，根本不必怨我，你多看一下內容，再見！」那人一口氣說完這些話，顯然他背得很熱，是個有經驗的法庭文件送達人。在白莎能找出她想用的詞彙來罵他之前，他早已一溜煙似地脫離現場了。

卜愛茜是較早開口的一位，她說：「這是什麼鬼話名堂呀？」

柯白莎把綑住文件的橡皮筋拿下來，她展開文件，大聲地念道：

加利福尼亞州，洛杉磯郡高等法院分院

原告：彭茵夢

被告：柯白莎（本人及柯賴二氏私家偵探社中資深合夥人計兩種身分）

賴唐諾（本人及柯賴二氏私家偵探社中資淺合夥人計兩種身分）

上述原告控告上述被告，基於以下之事實：

一、上述兩被告於洛杉磯市開設合夥之柯賴二氏私家偵探社。

二、本年四月八日，於加利福尼亞州，洛杉磯郡，洛杉磯市，上述被告，當眾故意，惡意發表不確言論，破壞原告的性格和忠實，影響原告名譽至無法估計之程度。

三、在上述時間，在一位北富德的私人辦公室裡（北是原告的雇主），被告說原告是

「刁滑的騷蹄子」。說原告愛上了老闆，要把老闆娘趕走，可以和老闆結婚；說原告從門縫裡偷看辦公室內所發生的事情；又說原告寫匿名信給老闆的太太，說原告是「口蜜腹劍的女人」。被告說，由於原告所寫的匿名信造成了一位北富德家的女傭——冷莎莉的死亡（死亡原因警方尚在調查中）。

四、被告所云一切皆為故意造謠。都是不確實的。被告在說這些話時，明知其不確實，還是故意說出來，目的是中傷原告。

五、所有上述被告所說的話，都是當著原告、原告的雇主，及其他的證人所說的，因此原告發覺被窘，大大的精神震驚，情緒創傷。由於上述被告所說的話，就在上述四月八日的時間，原告的上述雇主，解聘了原告。

六、被告所說的一切皆非事實，在被告說話的當時立即被上述其他證人中之一人證實，可見被告確為有目的，惡意的破壞名譽，損傷人格。

是故，原告要求被告支付五萬元的實際損失，另加五萬元鑑戒性及懲罰性的賠款，合計十萬元。原告訴訟的一切費用，依慣例由被告支付。

原告代理律師　高弗林

海風帶給柯白莎的活力，一下自她體內溜光。她一下坐在椅子裡。「他奶奶的！」她說。

「但是，她怎麼可以告你呢？」卜愛茜一本正經地說：「你又沒使她受捕或其他損失。」

白莎說：「她一定是瘋了。大家還沒有離開北先生的辦公室，一切就都已經弄清楚了，信是冷莎莉寫的。至於為什麼，只有天知道。不太說得通。寫匿名信。使北太太懷疑自己。但是她就做了這件事。這件事和茵夢無關，大家都已經知道了的。」

「你有沒有向她道歉？」

「當然沒有，除了流掉一點眼淚外，她什麼損失也沒有呀。」

「但是在告訴狀裡她說她被老闆開除了呀。」卜愛茜說：「既然她是清白的，為什麼要開除她呢？」

「我也不瞭解，」白莎說：「我看一定是為了別的原因。那天早上，在宓警官和我去他辦公室前，他們本來就吵了架的。」

「你怎麼會知道？」

「我至少知道她曾經哭過。老天！說不定那個『同花假順』利用我說她的機會，把她開除了。」

「說不定是這樣的。」

「好！我馬上給他顏色看。」

「她怎麼可以用這理由告合夥人呢？」卜愛茜問：「這件事和唐諾一點關係也

沒有呀。」

白莎說：「他們認為我的行為代表我自己，也代表我們的合夥事業。我可以把案子拖一拖，就說唐諾在歐洲，等回來再打官司……不行，我就一個人代表兩個人打官司。我們不必讓唐諾擔心，唐諾回來時候，一切都已經過去了。」

白莎看了一下她的手錶。「我去看北先生，給他點顏色看。我一下就可以查出背後在搞什麼鬼。我才不會讓他利用我做藉口。唐諾不在我就會出錯。本該是個簡單的案子，一出馬發現有困難我不該去釣魚的，現在別人要告我們十萬元，說是要賠償損失，嘿！」

「狀紙裡說你罵過她的話，到底是不是你罵的？」

白莎一把把門打開。回頭道：「當然，除了我還有誰？」她走入走道，乘電梯下樓，在大樓前找到一輛計程車。把北富德辦公的地址告訴駕駛，再加一句：「要快！」

北富德接待室裡的秘書是新到任的。瘦瘦，高高，四十左右，高顴骨，鷹勾鼻，黑黑的，臉孔很嚴峻。

「早安。」她說。

「北先生在嗎？」

「請問你是哪一位？」她說話聲音拖得很長，一個簡單的問題變得很正式。

「柯白莎。」

「柯小姐，你有名片嗎？」

「柯太太。」白莎說：「我是為公事來看他。我沒有和他約好。我以前來過幾次。你這些說詞留給別的人好了。你別管了，去他的這些假文章，我要進去了！」

白莎大步邁過接待室，根本沒理會那高高，正經八百女秘書的抗議。

她一下把私人辦公室門打開。

北富德仰靠在椅背上，兩隻腳放在辦公桌上，腳踝互相交叉著，一張日報張開著蓋在臉上。

「赫小姐，沒關係，」他說：「把要簽字的信放桌子上好了，我等一下來簽字。」

他把日報自臉上掀開一點。

柯太太重重把門碰上，牆上的畫都在抖動。

北富德把日報移開，又出意外，又生氣。「老天！柯太太！為什麼不請赫小姐通報？」

「因為我等不及了。」白莎說：「再說這位小姐說話不乾脆。把你的腳放下來，告訴我什麼意思——你把彭茵夢開除了。」

北富德慢慢把報紙摺好，把腳放下來，看著白莎有點發愣。

「她是我的雇員，不是嗎？」他問：「我當然有權開除我自己的雇員。」

白莎怒氣地說：「不必那樣正經。看來你已經受了新秘書傳染了。你的雇員，你要什麼時間，什麼原因開除她都可以，只要不把我拖進去。她現在告我十萬元，說是因為我破壞了她的人格，所以你開除她。」

北先生自椅子上前傾，把雙腳重重一踩站起來。「你說她怎麼著，柯太太？」

「她告我，要我賠十萬元。」

「我不相信。」

「她如此做了。開庭傳票在今天早上送達到我手了。」

「她到底說了些什麼？」

「她說我說她是刁滑的小妮子，說她愛上了老闆——你說信是她寫的。而你是為了這些事開除她的。」

「為什麼呢？這個無事生非的人，她知道不是這樣的。」

白莎舒服地坐下來，自接到傳票到現在她首度輕鬆下來。「我到這裡來主要是想找出這原因。」她說：「我倒要問你，你為什麼要開除她？」

「一點私人的原因也沒有。」他說：「至少可以這樣說。」

「少給我兜圈子，」白莎怒氣地說：「你為什麼要開除她？」

「好吧。有一個原因是她太漂亮了。她具有挑撥性。她不但真的漂亮，而且知道自己漂亮。」

「那有什麼關係？」

「嘿，假如有一個像谷佳露一樣注意你行動的小姨子，又有一個谷泰麗那樣容易起疑的丈母娘，就太有關係了。」

「是她們叫你開除她的嗎？」

「不是，不是，你別弄錯了。她們絕沒有正式建議。茵夢是個非常不錯的女秘書。一個好女郎，只是她也有，也有某種習慣——習慣——」

白莎把身子向前，兩眼注入他的兩眼深視著。「你到底是在做外交工作，還是想解決問題，」她說：「有話快說，有屁就放，宓警官來之前，你和她吵了一架，昨天早上我送來時她眼淚還沒有乾。她哭過的。你是在我和宓警官進來之前告訴她你要開除她的，是嗎？」

「倒也不是，不完全是。」

白莎忍氣地說：「好，你給我聽仔細了。我知道你們兩個爭執過。假如，你那個時候告訴過她，你要開除她，或是在那個時候，你告訴過她，可能你無法留她在這裡工作，那麼，我可以證明，她的提出告訴，完全是一種恐嚇。要知道，我一定要證明她的被開除，和我所說的沒有關係。」

「我向你保證，她的被開除不是為了你這件事。」

白莎吐口氣，坐回椅子。「喔，你可以？多可愛呀？你是否常常沒有理由會開除秘書的？」

「但是，柯太太。我是有理由的，我在解釋呀！」

「我是在聽呀！」白莎揶揄地說：「我一直在一聽再聽，你也在一再地講。但是始終沒有解釋出名堂來。我也沒聽出道理來。」

「柯太太，老實說，我不瞞你，原因倒是有好幾個的。我也是沒有辦法確定告訴你哪一個是決定因素，因而我沒有直接說出來。不過，那女人太自信於自己的美麗。所以，任何一腳跨進我辦公室，第一件事就會奇怪——噢！你懂我什麼意思。」

「我不懂！」白莎說：「弄不好你自己也一點不懂。」

「還有另外一件事。」北先生說：「她也不太穩重。」

「哪一方面？」

「她會洩漏她無權洩出去的消息。」

「這才有點意思了。她洩漏了什麼消息了？」

「當然，柯太太，我——等一下，這是我不想說出來的事。」

「不過是我想知道的事。」白莎說：「你已經把我混進一團糟去了，你有責任把我弄出來。到底她把你什麼消息洩漏出去了？」

「她不太穩重。」

白莎變臉了。「你說話像跑馬燈。第一次我們說到要緊關頭，我們又必須重新開始，老天，我恨不能把你當馬來騎，自己抓住你的轡繩。抱歉我沒有耐心，你說到她不太穩重，她洩漏消息，什麼消息！你說！」

「是她告訴我丈母娘的消息。」北說。

白莎眼睛亮起，「這才像話，她說了些什麼？」

「她告訴她，我找到梅寶就準備解決南先生罰款的事，這是為什麼我上天入地地在找她。」

「這有什麼要緊？」

「要緊得很。」

「我看不出來。」

「第一，谷太太知道我想解決這件罰款事，她不會同意梅寶付錢出來。第二，我一直在對谷太太說我多關心梅寶，萬一她出走，我會如何傷心。我希望她會傳消息給梅寶，梅寶會自己回來。現在，假如谷太太知道，我之找梅寶完全為了金錢的理由——你看我會怎樣急——」

「你為什麼不把我教你的一切告訴丈母娘。你應該對她說，你是不希望梅寶離家出走的。但是她真要走，天下女人多的是——」

「這當然也是很好用的一招，但是在我這件特別情況下，是不靈的。我在辦公室初聽也覺得是妙計，但是一回家面對丈母娘——我覺得換一種方法較為有用。」

「原來如此，請我提建議，只是不去應用，是嗎？」

「可以如此說，是的。」

「好吧，我們再回頭來說你那女秘書。她洩漏這個消息給你丈母娘，你又是怎樣會發現的呢？」

「我怎麼會發現的，老天！那是因為我丈母娘有神經病，她一再說我找她女兒為的是錢。我找她的目的是向她要錢，否則我才不會關心。」

「這些是在冷莎莉的屍體發現之前嗎？」

「是的，當然。」

「是什麼時候？」

「正確地說，這是在星期三我結束辦公之後不久。她在我吃完飯後一直不斷地在我耳邊嘮叨。想想看，我會對彭小姐好臉色嗎？」

「所以，星期四早上你來上班的時候，你本來就是一肚子不高興來的。那就是昨天。你生氣，你一晚沒睡好。你把彭茵夢叫進辦公室來要給她好看。是不是？」

「可以這樣說。」

「你是知道有警官這天早上會來拜訪你的，是嗎？」

「是的。」

「是你建議，找你談話辦公室比在家裡方便的，是嗎？」

「是的，我不希望丈母娘囉哩囉嗦把許小姐也拖了進來。」

「而在我們來找你之前，你還是把彭茵夢叫進去訓了一頓？」

「我是指責她了。」

「你說了些什麼？」

「我說她主動多嘴說她不該說的事。」

「她反應如何？」

「她說她只是替我招呼丈母娘。她認為如此說對我有利。」

「你如何？」

「我說辦公室要一切由我作主。」

「說下去，之後如何了？」

「然後，她又說了不少我認為不知輕重的話，我真正火了。我告訴她，她如此魯莽真叫做老闆的我十分為難了。」

「你到底用了些什麼詞句？」

「我是在生氣。」

「你用了什麼詞句？」

「我說應該請個臭皮匠把她的大嘴巴縫起來。」

「之後呢？」

「之後她就哭了。」

「說下去呀，不要我一句句問，你才問一句說一句。之後又怎麼啦？她哭了，你開除她了，是嗎？」

「沒有，我沒有說。她站起來，離開這辦公室，一句也沒有說，坐在她打字機前面。」

「還在哭？」

「大概吧。至少離開辦公室的時候，她在哭。」

「所以你也站起來，跟了她出去——」

「沒有，老實說，沒有。」

「那麼你幹什麼？」

「我就坐這裡等著——之後你來了。」

白莎生氣地說：「可惡，那個時候你趕出去，當時當地把她開除了，不是什麼也沒有了。」

「那時連我自己都不能決定要開除她。我發了脾氣了，我要冷靜下來想一想，我——」

「你在她冷靜下來時會開除她的，是嗎？只是不要在她激動時告訴她，免得弄得不太好看。」

「我真的不能做決定。老實說，柯太太，我有點手足無措，不能決定該怎麼辦。」

「在這些事發生後，你當然不會讓她繼續為你工作吧？」白莎問。

「我不能確定，其實這件事我自己也是有一點不對的。」

白莎大聲道：「老天，你一定要把你頭牽進水槽，才肯喝一口水嗎？」

「柯太太，我不大明白你的意思。」

「其實你只要說一句，為了她不穩重，你本來就要開除她的。你已經下定了決心，唯一你沒有在宓警官和我兩人駕臨之前告訴的原因是她正在哭，你不想刺激她太深。所以你決定宓警官和我一走你就要告訴她不必再為你工作了。你一旦如此說，就可以證明她之被開除和我柯白莎怎麼說都毫無關係。現在你明白了嗎？」

「是的，我明白了你的法律觀點了。」

「明白就好，」白莎說：「我一直要你自己喝水，你拚命把頭側倒，好像喝的水是有巴拉松一樣的。老天，這件事你要弄清楚了。」

「不過，柯太太。」北先生說：「說到法律觀點，我沒有辦法幫你忙呀！」

「你又怎麼啦？」

「正確來說，在那個時刻，我的確沒有決定要開除彭小姐。我是在之後才決定的。」

白莎歎氣道：「好吧！不過至少剛才你說的這些不可以改口了。我要拿剛才你告訴我的來作答辯的——」

「不可以，柯太太，不可以！」

「為什麼？」

「絕對不可以，一旦作證，別人會問我為什麼責罵她——萬一問出來是為了她告訴我丈母娘什麼事，我對她不滿，我還能活嗎？丈母娘會原諒我嗎？谷太太一直指責我對她不老實。柯太太，我無法幫你忙。剛才說的只是私人交換意見，不對外的，萬一有人在法庭問我，我會否認的。」

柯白莎站起來，咕嚕地生氣。

「白痴！」她說，走出辦公室。

第十一章　五百元的聘雇費

沈洛傑是沈海沈三傑法律事務所的資深合夥人。他讀完白莎交給他的聲訴書，自眼鏡上緣望向她說：「柯太太，據我所知，你是被雇來調查那些匿名信是什麼人寫的。你有足夠的理由相信信是這原告寫的。是嗎？」

「是的。」

「那很好，非常好！現在告訴我，有哪些理由呢？」

「我看出信是一流打字手在手提式打字機上打出來的。我也知道彭茵夢曾用同一台打字機打過一張便條給她的雇主。」

「你怎麼會知道的？」

「比較打字的手法。」

「不是，不是，我問的是你怎麼知道她是用同一台打字機打的？」

「她承認她用同一台打的。」

「承認的時候有別的人可以作證嗎？」

「有。」

「在你指責她之前？」

「當然，我是先佈置好自己退路，才迎頭一擊的。」

沈洛傑對白莎笑笑。「非常聰明，非常聰明，柯太太。據我看你是要在合宜的時機，製造一個高潮，好讓大家覺得你有效果，是嗎？」

「是的。」

「好辦法，好辦法。」

沈洛傑又回頭看那些聲訴狀，蹙一下眉，責怪地看向白莎，他問：「你有沒有罵她是騷蹄子，柯太太？」

「有。」

「這不太好。」

「為什麼？」

「這是惡意中傷。」

「哪有這回事。」

沈洛傑像父親似的安慰地微笑道：「柯太太，要知道法律為了要保護行為良好的人不受中傷，希望每一個人說話，都是由衷而憑良心的。凡是說沒有依據或是不好聽的話都是中傷。不過法律也保護人不會隨便被人控告惡意中傷，所以有的話，算是特許的對話，雖不中聽但不能算惡意。

「據我所知，事件發生當時你是一個私家偵探。你是因他案，受北富德所雇，想調查出是什麼人寫了某幾封特定的信。你有足夠理由相信這些信是由這位秘書小姐所寫。這是一件錯誤，但是，是一件誠實的錯誤，任何人都可能弄錯的。」

白莎急著點點頭。

「所以，你那時有權指責，即使指責錯了，一切對話都是特許對話，只是絕對不可以有惡意。」

「當然沒有惡意，我和她又沒有仇，沒有恨。」

「那你為什麼稱她騷蹄子？」

「這只是口頭話而已。」

沈洛傑搖頭以示反對。嘴上弄出聲音。「嘖！嘖！」

「那麼我可以用這一點來辯護，」白莎問：「不必受她的氣，是嗎？」

「柯太太，這要看情況了。你對她指的一定先要有相當可靠的依據，這當然依據你的調查、證據和推理。自你剛才告訴我的。好像最後發現這一切是由一位冷莎莉所做的，是嗎？」

「是的。」

「你怎麼查出來的？」

「由警察發現的。」白莎不甘地說。

「怎麼發現的？」

「第二封信露出馬腳，寫信的人一定要完全看得到北先生辦公室中一切的進行才行。警方認為寫信人是一巷所隔對面的一個辦公室裡的人才有可能。最後發現具此條件的只有一、兩個辦公室。歸納結果當天當時冷莎莉是其中一間牙科診所椅子上的病人。」

沈律師說：「但是，柯太太，你為什麼不向這條線索去查呢，在我看來這條線索很明顯，不難查呀。」

白莎道：「我認為這不必查。」

「為什麼？」

「我認為我已經把握一切線索了。」

「於是你故意不去重視這一件小線索。」

「我也看不出有什麼故意不故意。」

「換句話說，」沈律師說：「那個時候你可能根本沒有想到，是嗎？」

「那——」白莎猶豫地說：「……」

「說呀！」沈律師追問道：「對自己的律師一點也不可能隱瞞，有如去看醫生一樣。柯太太，否則叫我怎樣能為你爭取最大的利益呢？」

「好吧，」白莎無奈何地說：「是宓警官一直堅持要向那條線索追查下去，而我一再說不必的。」

沈律師的聲音提高責怪地說：「柯太太，你是不是在說警察已經提醒你這樣一個明顯、合理、簡單的線索，叫你依了這個線索找人就可以，而你拒絕照警方調查，反而對彭茵夢做出這種指責出來？」

白莎道：「事情到你嘴裡說出來，怎麼會那麼難聽。」

「這就是對方律師在法庭上會當眾問你的。柯太太。」

「我只好說這大概就是事實。」

「那不好，柯太太，非常不好。」

「為什麼？」

「這意味著你拒絕做該做的調查。意味著你並沒有足夠資料可以做這項對彭茵夢的指責。這就容易被對方說是惡意的。就法律來說這不能算是特許的對話，而不是特許對話，你就沒有了免疫力。」

「你到底是我的律師，還是原告的律師呀！」

沈律師笑了。「你倒聽聽對方律師在法庭上會說些什麼。」他裝腔作勢地說：「有關誹謗這件事——你說了什麼了，柯太太？我想想看……喔……是的，一隻騷蹄子——騷蹄子，柯太太……你怎麼會想到叫她騷蹄子的？」

白莎脹紅了臉說：「這是稱呼一個下等女人最客氣的名詞了！」

「柯太太！」沈律師大聲阻止地叫出聲來。

白莎閉嘴靜下來。

「柯太太，有沒有『惡意』，是這件案子最大的關鍵了。假如你想打贏這場官司，你一定要證明你對原告沒有惡意，絲毫惡意也沒有。在將來上法庭的時候，你要稱讚這位原告本性是毫無缺點的，這件事也許因此有小的誤會，但是，你看得出她本性是貞潔清白，她是美的典範，你懂嗎，柯太太？否則——你——就——要——損——失——鈔——票。」

「好吧，我和你說話，還要那麼小心嗎？」

「你和我說話，你和朋友說話，甚至你一個人在心裡想，只有『說』和『想』可以對外公開說的。你要瞭解，柯太太，想多了，習慣成自然，就會脫口而出，萬一在不該說的時間、地點漏出了口就全盤皆輸了。現在你跟我說一遍：『這位年輕女士是一個值得尊敬的年輕女士。』」

白莎不甘願地說：「老天，她是個值得大大尊敬的女士，好了吧？」

「可以，今後說到她，你就如此說。」沈律師警告她。

「我會努力的，只要可以省我的鈔票，我什麼都幹。」

「好，現在再討論，現場證人，怎麼樣？」

「有北富德和——」

「等一下，等一下，慢慢來。北富德是你的雇主。是嗎？」

「我的當事人。」

「喔，抱歉，當事人——還有什麼人在場？」

「宓警官。」

「他是警察局的？」

「警察總局，是的。」

沈律師微笑道：「這不錯，柯太太，加上原告之後，再也沒有別人在場了，是嗎？」

「還有谷佳露，是北富德的小姨子。」

「她是不是你的當事人？」

「不是的。」

「她正好自己開門走了進來。」

「你是不是說，你也當了谷佳露的面說了彭茵夢這些話？」

「我記不得有多少是在她進來之前說的，多少是她進來之後說的。」

「但是，柯太太，你為什麼不等她離開之後再開口說話呢？在我看來，既然她和這件事毫無關連，你當然應該在她在裡面的時候，暫時把話匣子關起來。我們在辯論這些你說的都是特許對話的時候，假如，有一個完全與這件事無關的人在場時，這就不算是特許對話了。」

白莎生氣地說：「我告訴你當時為什麼我不把話匣子關了。那是因為我要早一點把自己的事情做完。你們律師就有這種老毛病，永遠只想到打官司，咬著法律的字眼，幹我們這一行要咬定法律字眼，早就餓死了。」

沈律師譴責地說：「抱歉，柯太太，你太草率了，但是你不能因為自己出了毛病，就責怪法律或律師。你這件官司不是很好打的。你要先付五百元的聘雇費，以後再視情況而定。五百元包括被告答辯狀及一切開庭前的費用。假如案子不能在開庭前撤消，你要另外付開庭等等的酬勞——」

「五百元！」白莎大叫道。

「是的，柯太太。」

「為什麼，他奶奶的，五——百——元！」

「五百元，柯太太。」

「你在說什麼？整個這件案子我也賺不到五十元錢。」

「我想你不瞭解，柯太太，不是這件案子你能得到多少的問題，而是目前你遭到什麼問題的問題。」沈律師把這些公文文件又在桌上鋪鋪平，他說：「現在法院要請你答辯以決定要不要罰你十萬元。我和我的同事有可能替你打贏這件官司。我目前尚不敢說，但是——」

柯白莎一下自椅子中站起，伸手一攫，把律師手掌下的文件全部搶回到自己手中。

「你瘋了，我可不會花五百元來請任何律師。」

「但是，親愛的柯太太，要是在收到公文十天之內，你沒有什麼反應的話，你——」

「我該有什麼反應？」白莎問。

「你要遞一張被告答辯狀，說明你並沒有做原告所告你的一切罪狀。」

「做一張答辯狀，你要我出多少錢？」

「你是說單做一張辯狀？」

「是的。」

「老實說——柯太太，我不建議你如此做。」

「為什麼？」

「因為，原告的狀紙我覺得尚有缺點，不完整之處。狀紙顯然是匆匆寫成的。我還不同意遞答辯狀，想遞一張抗辯狀。」

「什麼叫抗辯狀？」

「這是另一種回答的方式——也是法庭常規的——這種狀紙裡你指出原告聲訴狀

裡的缺失。」

「你送了這種狀紙之後又如何？」

「你辯論。」

「對方律師在場嗎？」

「喔，當然，當然在場。」

「之後如何？」

「假如我方的立場正確，法官接納這個抗辯狀。」

「意思官司打贏了？」

「喔，不是的。之後法庭准許原告用十天時間正式修改他的聲訴狀。」

「給他們把聲訴狀做得更完善的機會？」

「可以如此說，用你們不懂法律的立場看來，是的。」

「每次辯論當然要花鈔票囉？」

「當然，我要貢獻時間的。這就是我告訴你的，五百元可以包括一切正式開庭前的手續費——」

「老天！」白莎打斷他的話說：「你告訴我，為什麼要我付鈔票，去讓對方知道他的聲訴狀有什麼缺點，讓他改良呢？」

「你不瞭解，柯太太。你只會自外行來看這件事。給一個抗辯狀是有技術上的好處的。」

「什麼好處，你說說看？」

「你得到了時間。」

「得到時間有什麼好處？」

「你把時間延後，你得到了時間。」

「得到了時間拿來做什麼？」

沈律師用微笑要使白莎安靜下來，但是他看到認真在發怒的臉色，他不安地說：「我親愛的柯太太，你太激動了，要知道你對法律是外行。這些事件──」

「得到了那些時間你要拿來做什麼？」白莎打斷他話題，堅持自己的問題問。

「我們研究你的案子。」

「所有時間都要我出錢？」

「當然，我的時間也是時間呀。」

「你是說，我付錢給你讓你研究如何改良對方的聲訴狀，使它十全十美，於是我再付錢給你讓你去研究如何對付這張狀紙。去你的這些內行事！你到底懂不懂法律，我們要如何才能打贏這場官司？」

「當然，假如我──」

「那你為什麼要爭取時間來研究如何辦？假如你不會打官司，就告訴我你不會打，我去找會打官司的律師。」

「我親愛的柯太太，你簡直是——」

「去你的這一套！」白莎打斷他的話：「我不要什麼抗辯狀。我不要花沒有用的錢去爭取時間。我只要一張答辯書告訴那個騷蹄子，少打主意。」

「我親愛的柯太太！我一再以你律師身分告訴你，不可以叫原告騷蹄子。」

「那她就是專門掘金的妓女。」白莎生氣地提高她的聲音：「她是一個下賤的偽君子，大妓女。」

「柯太太！柯太太！你會把這件案子搞得一團糟的！」

「你跟我一樣知道她是個什麼貨。她——」

「柯太太！不可以！現在我再最後一次告訴你一件事。你假如再用這種心情在想這件案子的原告，在法庭上你會失去控制漏出和剛才所說相似的話來。這件案子就輸定了。這些正是對方所提到的惡意。我是你的律師，我警告你，你必須心裡真正地想這位年輕女士是可尊敬的。否則你會後悔。」

「你是說她這樣告我，我還是去喜歡她？」

「是她誤會你了。她把你無意所說，認為是對她不利。她太認真了。她的律師認為有機可乘，要說服她來告你。不過，就你所知，這件案子中的這位原告小姐，是個可尊敬、心地善良的年輕女士。你要說服自己認為這是事實。」

柯白莎深吸一口氣。

「要多少錢？」

「只是寫一張答辯狀？」

「是的。」

「我認為為了要如此做，我們首先要坐下來仔細地研究一下，對這件案子有一個初步的——」

「多少錢？」

「算七十五元好了。」

「只是寫封像回信差不多的東西？我看我另外找人恐怕都要不了——」

「但是，我們先要加以研究。」

「研究個屁。」白莎說：「我要的是一張答辯狀，述說這位——可尊敬的女士是一個說謊者。一張答辯狀告訴他們她的被開除和我的指責毫無關係。我所說的都可以被稱為特許對話，如此而已。」

「好吧，」沈律師無味地說：「你一定如此說的話，我們收你二十五元的費用好了……不過你要瞭解，我們對這件案子以後的發展完全不負任何責任。我們也不要你用我們的名字去遞這張狀紙。我們給你寫，你用當事人本身名義去遞狀紙。」

「這什麼意思？」

「這在法律上有規定的，當事人沒請律師，當事人自己做自己的律師，遞呈自己的狀紙。」

白莎道：「可以，你給我寫好，我自己來署名，我自己代表自己好了。我星期一早上要。我立即寄它出去，免得這件事老嘀咕在心裡。」

沈律師看著她離開辦公室，歎出一口氣，按鈴請他的速記員進來。

第十二章　做自己的律師

宓善樓警官，在他警察總局的辦公室，把身體靠向那張迴轉，但是硬背的座椅，向對面的柯白莎露齒一笑地說：「白莎，你看來很不錯。姓彭的女人到底想告你什麼？」

白莎說：「那隻騷——」她閉嘴不說話。

「說好了，沒關係。」宓善樓牙齒露得更多，他說：「你要說的其實我都聽到過。說出來，再說一遍，你會好過一點。」

白莎道：「我才自我律師那裡來。我說的任何壞話都會稱為是惡意的。我目前覺得她是一個可尊敬的年輕女孩，有錯誤是可能的，互相誤會是一定的，但是，她是個可愛的妓女，有美德的妓女。」

宓善樓把頭向後仰，大聲地笑出聲來，自口袋抽出一支雪茄。白莎自皮包裡拿出一包菸，抽了一支出來。宓善樓擦支火柴，湊過辦公桌，替白莎把香菸點著。

「你越來越有禮貌了。」白莎說。

「去他的，」宓善樓高興地說：「我們兩個言語相通，沒有這些世俗的。我們也看不慣那些。」

他把火柴抛進一個桌子邊擦得雪亮的黃銅痰盂。痰盂四周地板上斑斑點點都是不小心抛在地上的火柴或香菸頭燒爛的痕跡。

宓警官看到白莎目光所注，牙齒又露了出來。「這是所有警察局都會有的現象。」他說：「總有一天我要寫一篇有關這些香菸燒痕的專題文章。你有時放下抽了一半的香菸去聽電話，那是兇殺案，你匆匆出去辦案，完全忘了香菸屁股還在桌上。有時你在問案，問了很久很久，他開始吐實了。你給他點支菸，他抽了一兩口，抛在地上。他手在抖，抛不進那麼大的痰盂口中去。不能怪他，把痰盂做到直徑四呎大還是不行的。這些短短的燒痕是我的弟兄不小心，他們只是向這方向瀟灑地一抛就死人不管了。你要我為那姓彭的女人告你的案子做些什麼？你說好了。」

「你能對她做些什麼。才是真的。」

「可做的很多。」

「我不懂你什麼意思。」

宓善樓說：「在那件盲人案子裡，你幫了我很多忙，這一點我永遠也不會忘記的。在這個辦公室裡我們敵友分明，恩怨必報的。現在這個女人告你誹謗，說你破壞她的名譽。她是把她自己名譽放進告訴狀去的。我們從頭來查一查她的過去一切，仔細地去查。我們會查出她不願讓現在認識她的人知道的事的。於是她就不安了。於是你讓你的律師通知她律師會有什麼結果。她自會罷手的。」

（註：盲人案請閱新編賈氏妙探之七《變色的色誘》）

白莎道：「我的律師就是我自己，我自己替自己辯護。」

「為什麼你要自己做自己的律師？」

「我找的律師要我五百元作頭期款，而且竟敢告訴我開庭另外要錢。」

宓善樓吹了一聲口哨。

「我一生氣，決定自己做自己的律師。」白莎說。

「讓我來跟他談談，白莎，也許我可以幫你一點忙。」

「我談過。」白莎說：「他也替我做了部分工作。」

「那麼他在代表你？」

「沒有，他替我寫張答辯狀。由我自己以自己名義遞上去，我付他二十五元。之後的一切也由我自行負責。」

宓善樓說：「好吧，彭茵夢的事交給我來辦好了。也許我可以挖出一些事實來。一個女郎，在你話才出口，就懂得去找律師告你，她一定有一個很好玩的背景的。她越不希望人知道，我越能挖她出來。」

白莎說：「這個渾蛋，她要給我捉到把柄，你看我不把她狠狠地整，她……她這個可惡——值得尊敬的年輕女士！」

宓善樓露齒笑道：「世界上只有我最懂得你的感受。」

「對於北富德的案子，你發現什麼了？」白莎問。

「我認為是件謀殺案。」

「你不是一直認為這是件謀殺案嗎？」

「只是目前已更確定了。屍體解剖發現死者死於一氧化碳中毒。她是死了一、兩個小時以後，刀子才刺進身上去的。」

「有什麼線索嗎？」白莎專心地問。

宓善樓猶豫了一下，好像要研究，心裡的事可以不可以告訴這位私家偵探。突然他說：「知道是一位男人做的。」

「什麼意思？」

「我的意思兇手是個男人。」

「不是北太太？」

「我把她排除嫌疑了。」

「為什麼？」

「那把兇刀。」

「怎麼說？」

「女傭削洋芋皮，怎麼會用一把十吋長的刀子呢？」

「絕對不會。」

「這件事女人都會懂得。男人則不然。這件事表面上看來是冷莎莉意外死亡，或是有人怕受嫌疑，在她死後要佈置成意外，再不然就是件佈置成意外的謀殺案。」

「什麼人要謀殺她呢？」

宓善樓露露牙齒，他說：「北富德就有此可能。」

「亂講！」

「別那麼相信他……喔，忘了告訴你。北太太的貓回來了。」

「真的？」

「真的。」

「什麼時候？」

「昨晚上。」

「傍晚，還是……」

「午夜。」

「北先生開門放牠進來的嗎？」

「不是的，谷太太聽到牠在號叫，把門打開，貓就進來了。看來有人餵過牠，牠只是一直號叫。牠在屋裡亂兜整個晚上，號叫也沒有停。不肯安靜下來。」

「也許在想念北太太。」白莎說。

「也許。」

宓善樓桌上的電話響起。

宓善樓拿起話機說：「哈囉。」然後把話機遞給白莎道：「你的電話，你辦公室說有要緊事找你。」

白莎拿起話機，聽到的是卜愛茜壓低了的聲音，好像是她把嘴唇保持不動，把話機儘量貼近嘴巴。她說：「柯太太，北先生打了很多電話來，說是要立即見你。」

「去他的。」白莎愉快地告訴她。

「我知道他又收到了一封信。」

「他不知道該怎麼辦了，是嗎？」白莎問。

「差不多就是如此的。」

「你知道我幫不上他忙。」白莎說，然後她又不耐地加上一句：「我在外面辦案，以後少火燒眉毛似地到東到西找我——」

「還有另外一件事，」愛茜快快接口道：「你拿著電話不要掛，我要到你房裡去看看能不能找到資料。」

白莎蹙起眉頭，她瞭解愛茜是在設法避過在她房裡的客人，她停下等候，等到聽到電話被拿起的聲音。於是卜愛茜用較大的聲音說：「這裡來了一個女人要見你。

不肯給我她的名字。她說要立即見你。說對你有很多錢的好處。」

「什麼樣一個人？」

「她大概四十歲，但是保持非常好的身材，她——看起來很有決心。帽子前沿上垂下來一小段短面紗。我每次看她，她就把頭低一下，兩隻眼睛就藏在面紗後面。她說她不能等。」

白莎說：「我立即回來。」

「我對北先生怎麼說，他每隔幾分鐘就打電話過來。」

「你懂我要怎麼告訴他了，不是嗎？」白莎把電話掛上。

宓警官微笑道：「白莎，生意不錯呀！」

「馬馬虎虎。」

「這樣就好。你是好人，生意應該好。」

宓警官在白莎離開後兩眼仍盯在門上，微笑的嘴角越拉越大。他伸手拿起話機說道：「白莎和她辦公室的通話都錄下來了嗎……好的……拿過來我聽一下……不，不，放她走，讓她完全自由……不，我不要捉她把柄……她的對方才是我們的目的，現在他有什麼事在怕……喔，不要，不要想去碰那封給姓北的信。我們不要負打開這封信的責任。讓白莎去用蒸氣開那封信，然後我們再自白莎手上拿過來看。」

第十三章　佳露的親生母親

白莎打開她偵探社大門的時候，站起來的女士初看一眼大概才過三十歲，但是身材保持得很好，相信她仍可以穿得進她結婚時的禮服，甚至學校裡的畢業禮服。只有在白莎銳利的眼光，穿過帽沿前的面紗，看透擦了粉，畫了眼線和抹了胭脂的臉上時，才看得到眼角和嘴邊的皺紋，卜愛茜基本估計她有四十出頭，是沒有錯的。

「你是柯太太，是嗎？」

「是的。」

「我看得出來。你開門的樣子，還有你和別人告訴我你的樣子，完全符合。」

白莎點點頭，詢問地向卜愛茜飄一眼，卜愛茜微微地把頭點一下。

「請跟我來。」白莎把來客讓過自己的私人辦公室。

白莎隨便地問：「你有沒有把姓名告訴我的秘書？」

「沒有。」

「不過，這是我們這裡規定的手續。」

「我懂。」

「那麼——」

「我的名字和地址會慢些告訴你。首先要弄清楚的是你是否尚有限制接我的案子？」

「哪一種限制？」

「你在替北先生工作，是嗎？」

「他的事結案了。」白莎說。

「這件工作尚有什麼事沒有完工嗎？」

白莎蹙眉道：「我倒不以為然。你是不是想聘我做對北先生不利的工作？」

「不是的，相反的是件對他十分有利的工作。」

「那為什麼要問這些問題呢？」

「北太太可能不喜歡如此做。」

「北太太管我——不管我什麼事。」

「柯太太，我看你正是能替我做我要你做的工作的人。」

白莎只是坐在那裡等她說下去。

「當然，北先生當初告訴過你，他的家庭背景——有谷太太，和佳露。」

白莎不願浪費時間，只是猛力的點頭。

「見過她們嗎？」

「只是匆匆見了一下，如此而已。」

那女人的黑色眼珠盯住了白莎的眼，即使房裡因為百葉窗遮住了大部分的白晝陽光，白莎看她的眼珠仍像塗過黑漆的樣子。

「說下去，」白莎道。

「我是佳露的媽媽。」

「喔，喔！」

「現在你該明白了，為什麼我一定要躲在幕後，直到我能完全確定你能為我工作。」

「你要我做什麼？」

「在我告訴你我要你做什麼之前，我一定先要告訴你，我的立場。」

「在你再要花費我的時間之前，」白莎認真地說：「我也應該先告訴你我的立場。」

「請先講。」

「我是為錢工作的。我們這種行業看錢辦事。爭取同情的事最好在下班時間找我。別人告訴我一件倒楣事，我不能拿來當飯吃，塾不飽肚子。」

「這我完全懂得。」

「假如你是來訴苦的，我沒有興趣，我不要你誤會。」

「沒有誤會，柯太太。」

「好吧，那就請說下去。」

「我要你先完全知道我的背景，以及引起的原因。」

「你說過這一點了。」

「我只是要強調一下。」

「你也強調過了。」

「柯太太，你也真認真，我實在有點窘。要在——事實上你這裡辦公味道太嚴肅，用來談一件很羅曼蒂克的事，不是十分合適。」

白莎說：「羅曼蒂克的事要弄進私家偵探社來，本來早已沒有味道了。來這裡的太太要的是證據，女人要賠償，男人要脫手。」

「我也瞭解。」

「既然如此，」白莎道：「你不必細述他的人格，只要告訴我佳露的父親怎麼勾引你就是了。」

來客嘴角微飄起一陣微笑。嘲笑狀地變為大笑，她說：「是我勾引他的。」

「有意思。」

「我到這裡來之前，早已決定一切不保留了。」

「我沒有意見。」

「我年輕的時候很野。自有記憶開始，我不安於現況，不信任俗禮。我反對上學，我反對長輩。我媽媽一提起聖誕老人，我就叫罵她說謊。所以我媽媽從來沒有教我什麼東西，倒是我長大教了她不少她不懂的事。不過她對我早已死了心了。」

白莎不置可否。

「這對我一生的發展關係甚多。」那女人繼續道：「告訴你，使你能明白後來發生的事。」

「我聽到了。」

「那也不見得，柯太太。要知道我不是一個看見男人就愛的女人，我也不是教養太差、花痴的女人。我只是一個不喜歡老一輩用禮教來管我的年輕人。我反對他們太自我約束，做偽君子。我喜好刺激，反對這些老年人本身就是大刺激。反對禮教，做別人不敢做的事，使我得到滿足。於是就有了佳露。

「我發現這件事後，並沒有怕，我也不難為情。我好奇，而且發愣為什麼這種事竟發生在我身上。我離家到另一州找工作獨立謀生。在佳露將出生前，我找到一個機構請求協助，但是我拒絕簽署放棄權利的文件，不允許他們把嬰兒自由被人領養出去。我的孩子是我自己的。我知道我不可能保留孩子，但是我有強烈的保留慾望。我要我的孩子一輩子和我在一起。要知道，柯太太，那個時候找一個工作好難。連我自己也不時要餓肚子。」

「我也挨過餓。」白莎簡單地回答。

「柯太太，事到今天，我對禮俗有了另一種看法。禮俗是文明的產品，是生活的規範，依禮俗生活就有人和你同甘共苦，一旦脫離禮俗，你就是一個人，一輩子只能不走正道，成功失敗沒有人鼓掌，沒有人同情。」

白莎不耐地說：「你要在我前面說教，要我同情你，那是談也別談。不要浪費精力。你只要有錢，我就有時間，要我做什麼都可以。假如你沒錢，我就沒時間，你別忘了我也有我的困難，自己也要吃飯。」

「不是這樣的，」女人說：「我是為了給你一定要知道的背景。」

「好了，你拒絕簽放棄權利的文件。那麼谷太太又如何會領養到你的女兒的？」

「這就是我想給你解釋的。」

「那就快解釋吧，不要折磨我了！」

「那谷太太，即使在二十年之前，就已經是一個很會用計，而且頑固的角色了。」

「這一點我瞭解。」

「她到我留下孩子的機構去請求領養。請求的人遠遠超過可被領養的孩子。谷太太已經有一個小孩了——那個現在是北太太的女人。她無法領到孩子的。她的理由是要替小孩找個妹妹，這要等很久很久的。這時她看到了佳露。她對佳露發生興趣。機構承辦人告訴她，佳露的食宿費用一直是我按月寄去的，但是最近斷了聯絡了，不過我從來沒有簽過放棄權利的文件。他們正為這件事十分傷腦筋。」

「說下去。」白莎道：「谷太太怎麼辦？」

「谷太太可能是說動了他們違反他們機構自己定的規定。再不然，更可能是取得了他們信任，藉機偷取了有關佳露的一切紀錄。」

「看樣子她是會幹這種事的。」白莎說。

「於是她來找我，強迫我簽了一張放棄權利的文件！」

「強迫的？」

「是的。」

「怎麼個強迫法？」

黑眼珠挑釁地注視白莎，她說：「我告訴過你，一個人只要有一次違反了禮俗，就沒有辦法中止了。你——」

「別再來那一套了。只要告訴我，你為什麼要簽字。」

「再說，」那女人不理會白莎的插嘴，繼續說道：「一個人也不可能向全世界挑戰。這和公共意見是對是錯沒有關係。沒有一個人能站出來硬和公共意見相抗，而最後不是灰頭土臉的，柯太太，你有沒有和比你巨大的男人打過架？」

白莎倒真的抓抓頭，認真的想了一想。「沒有，」她說：「即使有也一時想不起來了。」

「我有過，」來訪的女人說：「和公共意見反抗就有如和一個比你重多、胖多的男人打架，他不要動手，光是壓住你就透不過氣來了。」

「好了。」白莎又不耐煩了。她說：「就算你不能和公共意見來鬥，你已經說四、五次了。」

女人說：「我告訴你，為什麼谷太太會拿到我親簽的文件，那時我在監獄裡服刑。」

「喔，喔！」

「你現在明白了嗎？她對我很和善，這是一種和平的勒索。在牢裡我缺錢用。我不能寄錢養我女兒。谷太太可以使我女兒享受一切該有的。甚至一個家。我唯一的希望是等女兒長得夠大了，她懂事了。告訴她我是她媽，再生活在一起，或者是在她懂事前，我有辦法有個像樣的家，把她接回來——讓她忘記不愉快的一切。這像夢一樣遙遠。我當時被判五年。其實不必真服刑五年，不過當時我不知道。」

白莎問：「為什麼會進去呢？」

她把嘴唇拉平。她說：「柯太太，不禮貌地說一句，這不關你的事。」

「不必太禮貌，親愛的。我自己也不是一個有禮貌的人。」白莎說。

「這樣最好，對我們的事有幫助。」

「好吧。」白莎說：「要我做什麼事？」

那女人笑了。「不要忘記了，我有點縛手縛腳。谷太太有我的把柄。」

「什麼把柄？」

「她知道我過去的一切，所以等於有一根線牽著我的行動。假如佳露知道她生母曾經坐過牢，她會吃驚到受不了。否則我早出面把事情說明白了。目前，我的情況又比谷太太能供應佳露的好了很多很多了。谷太太把她丈夫死時留下的保險費花得差不多了。我現在有錢了。」

白莎好奇地問：「你怎麼可能自監獄出來而變成——」

「柯太太，我恐怕又要不禮貌了。」

「喔，豈有此理，」白莎說：「我知道這不關我事，但是我越來越對你有興趣，所以……」

「當然，」女訪客說：「我也看得出來，是鈔票使你越來越有興趣，而不是羅曼史使你有興趣。」

白莎當真地自我檢討了一下，「我想你說得沒錯。」她說。

那女人接下去說：「目前情況，谷太太唯一能在經濟上想和我比個高下的機會，是她的女兒——北太太——死掉，而且她女兒有遺囑把她全部財產遺贈給她媽媽。據我知道的確有那麼一張遺囑，而且我也知道北太太失蹤了。」

白莎用力拉曳自己的耳垂。這是絕對錯不了，高度集中注意力的徵候。「你說北太太失蹤了，是什麼意思？」

「謀殺了一個人，溜了。遲早總會捉住的。有什麼意思呢，只是過了一下刺激的癮而已──就像這樣。」那女人把拇指和中指爆出一聲響來，以示北太太消失的快速。

柯白莎什麼也不說，繼續用兩隻手指拉曳自己的耳垂。

「你可以想到，在這種情況下我的局勢。」女人說：「谷太太只想得到北太太的遺產，使佳露不要離開她。」

「你的意思佳露的感情是用鈔票可以買得到的？」白莎揶揄地問。

「別傻了，柯太太，佳露不是那一種人，再說她更不是傻子。我們換一種方式來看。我是她生母。我的背景有黑點，很多的黑點。所以假如我只用生母這一點先天關係來打動她的感情，她在基本上會儘量拒絕的。這一點我想你會明白的，是嗎？」

白莎點點頭。

「現在，谷太太已經把她自己名下所有錢用光了。除非她再嫁一個有錢人，否則她不容易維持以前相同的生活方式了。佳露她的年齡，現在正是瞭解嫁一個合適的丈夫有多少妙處的時候。為了達到這個目的，女人一定要經常出入於合適的男人會出現的地方。谷太太所有的錢已不夠維持這種投資三十天之久了。她快破產了，她會一毛也沒有了。

「突然瞭解這樣的事實，對佳露是一大震驚。要她完全改變生活方式，從一個經常出入高級社交圈，到一毛沒有的赤貧，佳露是不可能承受的。佳露根本不知道錢是怎麼來的，也不知道錢的真正價值。」

「你真的知道谷太太經濟狀況那麼差？」

「我知道的。不斷地注意她，現在成了我生活的一部分。你要知道，柯太太。這一次谷太太特地自舊金山來這裡，目的就是看一下能不能使女兒梅寶和北富德離婚，這樣：母親、女兒和佳露可以住在一起，當然希望梅寶經濟上支援，替她們付一切開支。」

「佳露自己不會去工作嗎？」

「再這樣下去，當然她只好去工作。自小她長大的環境裡，她所見到的人，興趣都只在高爾夫、網球、騎馬。這些人都是生來不必工作的。她也試過接受一、兩個工作，但是都做不久就離開了。」

「假如你問我的話，」白莎說：「給佳露吃一次苦，讓她們破產一次，對她會有好處。」

「這一點我也知道。」來客說：「這也是我一直等著的。我也不是有錢出身，你想我會喜歡眼看自己女兒被人在這樣環境裡養大嗎？我至少注意她們五年了。這樣對她沒有什麼希望的。但是我也一直在等，等她們出了問題，然後真正的生母可以出面，給她準備一個溫暖的家。足夠的錢，有安全感，有機會遇到合適的男人——」

「再讓她去玩高爾夫、打網球、騎馬？」白莎說。又加緊問道：「你有能力給女兒那麼多好處？」

「可以的。」

「包括會碰到合適的男人？」

「是的。」

「這些合適的男人會知道你的背景嗎？」

「別傻，怎麼會呢？」

「那谷太太可是知道的。」

「是的。」

「你把佳露一帶走，谷太太不會把你往事告訴這些人嗎？」

「有可能。」

「但是你好像不在乎。」

「我會採取預防方法的。」

「什麼樣子的預防方法？」

白莎的來客笑道：「柯太太，我到這裡來是雇用你替我辦事，不是叫你來詰問我私生活的。」

「好，你說你的好了。」白莎說：「我是問了太多不關我事的問題了。我是要收談話的時間費的，所以說話的方式一切隨你。你要告訴我什麼，你自己說。」

「從很多地方說起來，」女人繼續說：「谷太太是個不壞的女人。但有的地方她又幼稚得很。她是個自負的人，她釣她第一任丈夫釣得很成功，自丈夫死後，她還想用原來的方式來釣魚，當然就幼稚了。

「柯太太，我是個飽於世故的人。也許你也是。一個女人到了四十、五十甚至六十，假如又想結婚的話，假裝年輕，像女孩子一樣撒嬌，或是故意嗲聲嗲氣是一點沒有用，反而起副作用的。年紀大有錢的鰥夫可能看上年輕、皮膚有彈性的女人，但也有可能看上風度好、成熟、有諒解同情的半老徐娘。只有這兩種典型的才有機會。換言之，去強調自己已經失去了的武器的女人都是傻瓜。走上這條路，就絕無希望。」

白莎說：「很好的哲理。這和本案有關係嗎？」

「我提起來，為的是使你知道谷太太是個笨蛋——一個無可救藥的笨蛋。她猛花丈夫死亡遺下的保險費，目的是希望在花光之前能再釣到一個丈夫。她花在衣服上，花在做頭髮美容上，住好的公寓，進豪華的聚會場所。你要有興趣，我甚至可以告訴你那些下賤的實況。」

「我總是對下賤的實況非常有興趣的。」白莎說。

「我說給你聽，她的保險費是兩萬元。谷太太自以為很聰明，她要在五年內每年花四千元。想像中，五年一定可以找到一個理想丈夫再嫁了。她有了這個想法，花費起來自然不會完全依照預算。有一點我不可以否認，她對佳露是十分大方的。當然她供應佳露也等於是給別人看她的背景。有錢無錢她要撐到，她以為才能釣到合適的丈夫。

「她自己心中作四千元一年的消費打算。第一年就花了七千元。其中原因之一是她旅行太多。她以為長途旅行中可以見到合適男人，也容易培養感情。假如她不犯很多女人都會犯的錯誤，也許她已經成功了。」

「怎麼說？」

「她愛上了一個根本不想和她結婚的男人。他浪費了她一年的時間，也帶走了不少她的錢。

「當谷太太覺醒過來的時候，她加倍地花費金錢，希望補回她消失了的青春。你玩過高爾夫嗎，柯太太？」

「不太精。」

「那你會懂得我說的意思。太用力氣了。你在修整過沒有阻礙的草地上，想把球打得遠一點。你還是要依訣竅用完整的韻律來擺桿。心太急，想要打遠，用太大的力氣，打太快，就欲速不達變了笨打。谷太太笨打了，她打碎了自己再婚的夢想。

「谷太太的信譽維持不過三十天了。其實她三十天前就完全破產了，目前她是靠以前的信用一向良好維持著。但是結帳帳單一到，一切就完了。她到洛杉磯來的目的是說服梅寶出賣北富德，和他離婚，回去和她及佳露住一起——開支由梅寶負責，當然。」

「你好像什麼都知道。」

「凡是跟佳露有關的一切，我都要清楚。」

「好吧！我做什麼？我的意思你要我替你做什麼？」

來訪的女客微笑。「只是件小事，」她說：「但是重要得不得了。」

「說呀，是什麼事？」

「我要查知一些事情。」

「到我這裡來哪一個不是呢？」

女人又微笑一下，打開皮包，拿出一個扁扁的皮夾。她把皮夾打開抽出一張五十元面額鈔票。她隨便地把鈔票自桌上推向白莎。她說：「先付錢，後請你辦事，如何？」

白莎的眼睛貪婪地看了一下鈔票，把眼光抬起來。她問道：「這是幹什麼的？」

「查個消息。」

「什麼消息？」

「我告訴你會大吃一——」

白莎不耐地打斷她說話。「聽著，我的工作很多。假如決定接手辦你要我查的消息，工作就更多了。別磨菇了，你到底要查什麼？」

「我要替北富德理髮，理髮店的名字。」

白莎真的大大地出乎意外了。「他的理髮店！」

「是的。」

「老天，為什麼？」

女人用修得整齊、塗了指甲油的手指，指向五十元現鈔。「有了這個，還要講理由嗎？」

白莎瞇起雙眼。「我還有問題——在職業倫理上我能不能接受你的委託。我接受北先生委託在前，現在尚在替他工作中，我要出去一下，看一看當初和北先生的合約包括一些什麼。我——」

女人大笑起來。「算了，算了，柯太太。我以為你不會那麼來。你的目的是想安排一個人，在我離開的時候可以跟蹤我。我想我們兩個要彼此瞭解，我給你錢，你替我找出來那個理髮師叫什麼名字。」

「但是我實在不知道你要北富德理髮店的名字幹什麼？」

「因為我也要他替我理髮呀。當然，柯太太，你應該替我這次來拜訪保守絕對機密。拿這件事來說，你一收我這五十元，我就是你的客戶了。對我來看你這件事，你不可以對任何人說，包括北富德在內。我的要求不高，只要這一件消息，要是你把我來看你的消息洩漏出去，我會告你違反職業道德。你聽懂了嗎？」

「查到了，我又怎樣通知你呢？」

「打這個電話號碼，我會自己來接的。再見了。」

女人站起來的時候，電話鈴聲響了。

白莎把話機拿起來，但是沒有去碰那五十元。

卜愛茜很小心地在電話中說。「北富德在外面。」

柯白莎把手掌壓住受話器，她說：「北富德在外面。」

即使是帶著面紗的，但是突發的打擾看得出她皺起了眉頭，她說：「柯太太，你的辦公室實在需要一個私人的出路的。」

白莎生氣地說：「假如你要為你方便的話，你去租一個中你意的辦公室，我搬進去好了。假如你不想見到北先生，我可以叫我秘書告訴他我現在沒有空，攆他出去，叫他十分鐘後再回來——」

那女人走向門口。「柯太太，仔細想想這樣也不錯，至於這個五十元，你收不收，不收我要拿回來了。」

白莎想了一想，伸手在桌上把五十元的鈔票撿了起來。

「謝了。」女人說，一面把門打開。

柯白莎趕快繞過桌子，看女人出去時北富德的反應。

北富德只是不在意地看了走出來的女人一眼，彎身站起來，立即走向柯白莎的私人辦公室。

第十四章　女人緣

北富德顯然的是十分激動，坐在白莎對面的椅子裡，「我們可以解決了。」他說。

「什麼事可以解決了？」

「你記得我告訴過你，有一個年輕女人，我替她在舊金山找到一個工作做的？」白莎對他的問句蹙起眉頭來。「又來另外一個女人？」

「不是另外一個。我和你談起過的一個。你見過她信的那一個。」

「喔！叫你辛巴德的那一個。」

「就是那一個。」

「那一個怎麼啦？」

「她會幫我忙。」

「幫什麼？」

「拿鈔票出來幫我解決這件裁定的賠款。她的薪水不錯，她把大部分存了起來，這裡那裡的投資了一些。她在銀行裡有兩千三百元存款。我自己可以出兩百元。你可以拿去和喬其把案子結了。」

「你怎麼聯絡上這個女人的？」白莎問。「用電話嗎？」

「不是的。她下來這裡，為了公家事出差。她給我電話，我趕去旅社看她。我一直想能找到你。錢現在在舊金山，她已經設法把它電匯過來了。我們可以在明天早上十點鐘以前把這件事結束掉了。」

白莎說：「你這個人，女人緣真好呀！」

「柯太太，你什麼意思？」

「就是這個意思呀！」

「我不懂你的意思。柯太太，這個女人和我的女人緣無關。」

「兩千三百元就變成緣份了。」

「那不一樣。」

「不一樣才怪。」白莎道：「你的頭髮在哪裡理的？」

「我的——什麼？」

「哪個店替你理的頭髮？」

「怎麼啦，你把我更弄糊塗了。」

「我自己也不清楚呀！」白莎說：「你只要告訴我，你的理髮店是哪一家就可以了。」

「這有什麼關係呢？」

「也許相當有關係。你有固定的地方理髮嗎？」

「是的。」

「什麼地方？」

北富德猶豫了一下，他說：「太平洋灰狗巴士總站旁，一家叫『頂上美』的理髮店。」

「每次都去那一家？」

「是的。」

「這樣已經很久了嗎？」

「是的，柯太太，但是我不明白你為什麼會問起？」

「這不算什麼秘密吧？」

「老天，當然不是什麼秘密事件。」

「有人把你在哪一家理髮的事說出來給別人聽，你不會特別反對吧？」

「當然，沒有什麼好反對的。但是柯太太，我不明白，是你瘋了？還是我瘋了？」

白莎笑了，她說：「沒有事了，我只是確定一下這不算什麼不能講的事而已。你和這家店的老闆沒有其他生意上的來往吧？」

「沒有，當然沒有。」

「這店你有股東嗎？」

「沒有，柯太太，請你把問這些問題的理由告訴我，好嗎？」

「我想找出來，你在哪裡理髮，和這件案子有什麼關係。」

「但是，沒有關係呀。」

「應該是沒有的。」

「是沒有的。」

「但是有的。」

「我不明白。」

「我也不明白。另外一封信的事怎麼回事？」

北富德馬上變得激怒的樣子。他猶豫著，好像要白莎知道，他是考慮立即離開這裡還是給她看這封信。過了一下，他自懷中取出一封封著口的信出來。白莎把手向前一攤。他把信交上她的手。白莎把信在手中翻來覆去。

「信什麼時候到的？」

「下午三點鐘正常派信時間送來的。」

「你的丈母娘見到這封信嗎？」

「看到了。佳露也看到了。」

白莎沉思說：「一樣的打字，信是寄給你太太的，上面也寫著『機密，親啟』！」她升高聲音說：「喔，愛茜！」辦公室回答的只是悶悶的打字聲音。柯白莎拿起電話，對卜愛茜說：「再把小茶壺架起來吧，我們又有一封信了。」

白莎把電話放下，繼續研究這一封信。「看樣子這封信又可以使我們加深一層明白了。」她說：「信封是和另一封一樣的——極普通，蓋了郵戳的信封。我只好再去找一張皮貨店的廣告了。」

「能不能換些別的東西放過去？」

「別假了，」白莎說：「你的丈母娘看到兩封寫有『機密，親啟』的信封，假如一封是皮貨店廣告，一封是殘障基金會募集基金的，她一下就會嗅出其中有毛病了。唯一不起疑的方式是再放一張相同的皮貨店廣告過去，她看起來一定以為皮貨店把她地址弄錯了。」

「沒錯。」北富德說：「我沒想到這一層。」

「你宅子裡有什麼新發展嗎？」

「沒什麼新發展。老樣子。警察們東竄西竄，東摸西摸，又東問西問。谷太太在哭。佳露偷偷地每一分鐘盯緊我。」

「她偷偷盯住你，為什麼？」

「我怎麼知道。」

白莎自己點起一支菸。

「你為什麼要問我在哪裡理髮？」北富德問。

「好像你有點在擔心，為什麼？」

「我沒有擔心，只是好奇。」

「是不是你有點擔心不應該告訴我，這是為什麼？」

「沒有呀，沒有理由不可以告訴你。」

「那你為什麼老提這件事呢？」

「別胡說，我根本就沒有老提這件事。我只是要知道你問這件事真正的原因。我沒有反對，沒有擔心，沒有老提。我要知道你問這問題的原因。」

「我只是想知道而已。那個馬上要支援你金錢的女孩子叫什麼名字？」

「羅美閨。」

「她做什麼的？」

「她現在完全主管舊金山一個大的百貨公司的廣告。她爬得很快。」

「許桃蘭對她又怎麼說？」

「我不懂你什麼意思。」

「你有沒有告訴許桃蘭，那個姓羅的要拿錢出來替你解決問題？」

「沒有，我為什麼要告訴她？」

「為什麼不？」

「根本就沒有理由要告訴她。」

「她會在這裡多久？」

「誰？許桃蘭？」

「不是，姓羅的女人。」

「她今晚夜車走，明天電匯錢過來。這是為什麼我急著來見你。我要你聯絡南喬其，要他不要食言了。重要的是明天中午之前，我們要把那件案子結束掉。」

卜愛茜打開房門。「水開了。」她說。

柯白莎把她會吱咯叫的旋轉椅推後。自己站起來。「好吧，」她說：「我們再來違反一下郵政法規吧。」

愛茜桌上的茶壺咄咄在冒汽。電熱板的下面愛茜墊了幾本厚厚的雜誌，以保護桌面。

柯白莎用拇指和食指捏住了那封信，湊向壺口出來的蒸氣。她向北富德道：「把門閂起來。」

白莎在薰信的封口，全神貫注，肥腰艱困地彎著。

卜愛茜快快地用手一推桌面，把她上過油的打字椅子輕便的向後一推。

「怎麼啦？」白莎頭也沒抬起來，只是問道。

「門！」卜愛茜回答，開始奔跑。

白莎抬起頭。一個人的黑影，自外面走道照在辦公室進口大門的半截磨沙玻璃上，是個肩頭很寬，嚴酷的側影，嘴裡一支雪茄，翹成一個很高的角度。北富德湊下在看白莎手中正在薰著的信封。卜愛茜伸手正要去門門上的橫閂。

「渾蛋！」白莎怒目地看向北富德。「我告訴你把門閂起來的！」

卜愛茜的手摸到了橫閂。

門上影子移動，門把手轉動，卜愛茜的手在門閂上。

來不及門閂的愛茜驚慌失措，向前半步用全身力量頂住辦公室大門，希望阻住對方來開門。

宓善樓警官右肩在門上，但未得及把頭及一半上身自開了一條縫的門中伸進辦公室來，及時看到了卜愛茜的辦公桌，上面的電熱板、小茶壺，氣惱的柯白莎，和驚亂的北富德。

宓警官一句話也不說，眼睛也不離開白莎和北富德，他伸一隻手進來，把卜愛茜輕輕推一下，也不看向愛茜，嘴裡說道：「怎麼啦，不歡迎我進來呀？」

「我正準備把辦公室打烊。」卜愛茜急急地說：「柯太太累了，不想再見客人了。」

「原來如此。」宓善樓說：「所以準備煮一壺老人茶，是嗎？」

「正是，正是。」愛茜的回答又太快，太熱心了一點。「我們大家想喝點茶。我們常喝茶的。我們——」

「好極了。」宓善樓說：「我也喜歡茶，算我一份。白莎，多煮我的一份。愛茜，你管你打烊。」

宓善樓進入辦公室內，愛茜無助地看看白莎。把辦公室門閂上。

白莎道：「老天，你們警察是一票貨。你們拜訪人從不考慮時間，早上、中午、下午或晚上——」

「沒錯。」宓善樓插嘴說：「只是我口福好，常常趕得巧，比趕得早有用。可惜今天不是開飯，開飯比飲茶又好多了。有小點心嗎，白莎？有甜餡的我最愛。」

白莎生氣地看看他。

「別讓水都蒸發掉了。」宓善樓說：「白莎，去拿茶葉出來呀。」

白莎向卜愛茜看一眼。「愛茜，茶葉呢？」

「茶葉。噢！柯太太，給你一提我想起來了。昨天我們不是正好用完了嗎？我想起來了，你叫我今天買，我忘記去買了。」

「可惡，」白莎說：「你老忘記我要你做的事。我絕對記得昨天下午叫你要多買點茶葉。我記得我一面把茶葉空袋拋掉，一面對你說的。」

「我記起來了。」愛茜自己慚愧地說：「是我今天忘了。我真抱歉。」

宓善樓把牙齒露出很多地在笑著，他自己找椅子坐了下來。「把茶杯和茶碟拿出來吧。」宓善樓說：「看樣子我來推銷點茶葉給你們。」

「你總不至於隨身帶著包茶葉吧？」

「我會有辦法的。」宓善樓在椅子上調整成一個舒服的坐姿，順手摸出一支新雪茄出來。他說。「開始吧，白莎，愛茜，你去把茶杯和茶碟端出來。」

卜愛茜呆在那裡看白莎。

白莎說：「我改變主意了。既然沒有茶葉，喝什麼茶。我也不相信宓警官變得出茶葉來，我沒興趣了——」

「沒關係，沒關係，」宓善樓又打斷她說：「你喝不喝沒有關係，我還是要看你的茶杯和茶碟。你們放哪裡的？」

「我告訴你，今天決定不用了。」

「我知道，不過我有興趣看一看。」

「你有興趣和我沒關係。我有別的事要做了。進來，北先生，我們繼續討論我們剛才說了一半的事。」

「我們現在就在這裡一起研究好了。」宓善樓說。

「抱歉，我的客戶很注重他的隱私權。隱私權，你懂嗎？每一個美國公民都很重視這一項基本權利的。是嗎？」

宓善樓仍是輕鬆地微笑著。「沒有茶杯，也沒有茶杯的碟子，是嗎，白莎？谷太太告訴我，又來了一封給北太太的信。我就知道我會在哪裡找到北先生。北先生，假如這封信在你口袋裡，請拿出來我要帶走。這有可能是一件證物。」

「你要拿去！」白莎喊道：「我相信天理、國法、人情對這種事都有一個先後程序，假如一封信是寄給某一個人的太太，而今——」

「白莎，別這樣，別這樣，你的血壓會升高的。假如你真對國法如此重視，你準備怎麼處理這件事？」

「我——我準備煮一壺茶。」白莎仍然高喊道：「天下沒有法律規定我不能在辦公室煮茶吧。」

「查一下你會大吃一驚。」宓善樓說：「都市法令對煮東西也有各種規定。市區法令對什麼地方可以供應、出售、施捨吃的東西也有規定，再說——」

「我煮一杯茶給我自己的客戶飲用，不須申請執照吧！」

宓善樓還是面帶笑容。他說：「卜愛茜在這裡工作很久了，每天下午這種工作都是她在做嗎？」

柯白莎賭氣地看著他，不理他。

宓善樓看向北先生。「北先生，」他說：「我知道你另外有了一封匿名信。假如你們想把它用蒸氣薰開來，不要忘了我也想看一下。」

「你到底算什麼？」白莎道：「自己衝進我的辦公室，來冤枉老百姓——」

「輕鬆點，白莎。你的辦公室是準備歡迎隨便什麼人進來的。我不過在去北家沒找到北先生，不經意來這裡看一下而已。我才和谷太太聊過。她當然對全案十分關心，尤其對她女兒的失蹤有不少合理的想法。她的想法當然都和冷莎莉的死亡無關。為了找她女兒失蹤的線索，她回想起不少最近發生的事。其中有一件是最近她親見過兩封給北太太的信，信封上有『機密，親啟』的字樣。她建議我們找一下，看一看，看裡面有沒有什麼可取的線索。我們找了，但是只找到一個信封。

「當然，即使是我自己，我也覺得去拆北太太的信是不對的。不過，我覺得把信拿到光線強的地方照一下，看看能否照出信封裡裝的是什麼東西，倒沒有什麼不可以。我用硬紙做了一個空筒，把信放在一百燭光電燈光下看了一下。信封裡裝的是一家皮件公司的廣告單。我仔細一查，這封信是被人偷開過的。我記得本來有兩封匿名信的。你是藏了一封起來不給我看了。那封信信封不在你這裡。谷太太很在意。今天下午來的『機密，親啟』信不見了。我把二和二加在一起就知道信在哪裡了。北富德哪裡去了。我跑到這裡來，就見到你在煮茶。你沒有茶杯，沒有茶碟，連茶葉也沒有。

「白莎。我們兩個都是吃偵探飯的。你是我，你會有什麼結論？」

「喔，老天。」白莎討厭他太囉嗦地對北富德說：「我們讓他參與好了。」

「這還像話。」宓善樓露齒笑道：「老北，至少這件事我絕對在你丈母娘面前保密。我對第二封信的事，就沒有向她開過口。老實說，告訴你對你有益。你的丈母娘認為你和莎莉有什麼搞不清楚，也許她不願繼續下去，或是你又想泡什麼小姐，她不高興了。她認為是你殺死了莎莉。她以為你太太也是你使她失蹤的。」

「我使我太太失蹤！」北富德喊道：「我使梅寶失蹤？老天！我現在要知道她在哪裡，切掉我一隻右手都可以。白莎知道，我正在做一筆交易——」

「閉嘴！」白莎叫道：「這隻老狐狸就是要你不斷開口。這是條子的老套，在你丈母娘面前挑你。在你面前挑你丈母娘。」

「為什麼不讓他說完，白莎。他有什麼不能公開的嗎？」

「你這樣闖進別人辦公室，挑撥丈母娘和女婿間的關係，我們都應該提高警覺。沒有，我沒有不讓他說下去，我只是叫他不要提供消息，免得你回頭又向他丈母娘搬弄。」

宓善樓說：「嘿，白莎越來越會隨機應變，強詞奪理了。我不該在你在邊上的時候找北富德談的，我應該把他弄到總局去聊聊的。」

北富德生氣地對著他說：「我們老百姓用不著受你這種窩囊氣的。你算老幾！」

「我不算老幾，但是你是該受這種窩囊氣的。誰叫你以前的情人才到，你的老婆就失蹤了呢？誰叫你不清不楚的女傭，糊裡糊塗地死了呢？我不知道，世界上有多少老婆表面上簡單地失蹤，或是回娘家探親，最後大江東去，永不回頭了呢？不對，我不能如此說，看起來好像我在控訴你什麼。我沒有控訴你。我只是在調查。你的丈母娘才在控訴你。」

「又來了。」白莎說：「別上他當。別理他。目前，我們應該把那封信打開，看一看再說。」

白莎自卜愛茜桌上匆匆找出那封信。宓善樓突然進來時，白莎把信藏進卜愛茜桌上一堆紙裡去了。

宓善樓仍坐在他椅子中，閒暇地吸吐著雪茄，看他們搞什麼鬼的味道。

柯白莎用蒸氣把信封封口上膠水薰濕，用一支鉛筆，在封口一面的最上端插入，慢慢的向下面及另一面捲過去。

「乾淨俐落。」宓善樓讚美地說：「蠻有經驗的。」

白莎不理會他。

北富德神經地說：「我應該有優先看一下的權利。要是裡面有什麼不合適的——」

宓善樓不急不徐地自椅中站起走過來。北富德一把自白莎手中把信搶過來。宓善樓一把抓住北富德的手腕。

「胡鬧，胡鬧。」宓善樓說：「交給我！」

北富德試著想掙脫。宓善樓增加對他手腕的壓力。突然，他拉著他的手腕做一個旋轉，脫離白莎伸過來的手臂的範圍。又利用肘部一扭給他來了一個小擒拿中的鎖肘法。

北富德手鬆了下來。手中的信落下地上。宓善樓比白莎早半步拿到落下來的信。在兩人互爭的剎那，宓善樓用他的寬肩，把白莎撞偏了半步。

「你渾蛋！」白莎叫道。

「我是在替女士服務呀！」宓善樓故意不知恥地說。拿了信走回剛才坐著的椅子，濕濕的雪茄，仍咬在嘴裡。

「好吧！」白莎道：「唸出來大家聽聽。」

「我是在唸著呢。」

「唸出來大家聽！」

宓善樓只是笑笑。他一個人有興趣地看，看完了把信摺起來，放進背心口袋。

「我們幾個玩得蠻開心的！」他結論地說。

白莎道：「開心個鬼，你該死，你不能闖到我辦公室來玩這一手。我也要看看這封信。」

宓善樓說：「白莎，信封在你手裡，我建議你再找一張和上回一樣的皮件廣告，放進信封去，把信封封起來，就像上回一樣。本來這不關我事。我只是建議一下，使你的客戶回家做人容易一點。谷太太現在學會了用一百燭光燈泡檢查信件。她正等著這封信出現，可以實習一下。你客戶回家，第一件她要問他的可能是這封在不在他口袋裡的了。好了，我看我得走了。在這裡不太受歡迎呀！」

宓善樓站起來，湊向卜愛茜的桌子，用他的小拇指揮他的雪茄菸灰。

北富德無助地看向白莎。他問：「這國家沒有王法了嗎？我們能告他嗎？」

柯白莎在房門被關上前，什麼也沒有說。「他是等於現場活捉，捉住我們的。」白莎苦澀地說：「他對我們瞭如指掌，該死的。」

北富德生氣，冷冷地說：「柯太太，我想這也是最後一次了。從你接辦這件案子以來，你一向自以為聰明，做種種建議，把案子搞得一塌糊塗。你要是肯簡單地照我指示跟蹤一下我太太，現在早就知道她在哪裡了。我給你一封絕對機密的信，你馬上親手交給了警察。我把第三封信交給你，你就七弄八弄，弄到連看一下內容也沒有機會。我也許根本不應該請一個『女人』偵探！宓警官一定不敢對一個『男人』如此無禮。」

柯白莎雙眼注視著這個男人，雙眉緊蹙，她好像沒有聽到他在說些什麼。

北富德把背挺得直直的，步著宓善樓的後塵，走出辦公室去。

卜愛茜同情地看向柯白莎。「真是運氣不好。」她說：「不過這不是你的錯。」

柯白莎也沒有聽到她在說話。

她的雙目平視，一直看著前面，但是全神貫注，視若無睹。「原來如此。」她說。

「什麼原來如此？」愛茜說。

「他們以為北富德把他太太殺了，而北富德說一早上他都在理髮店裡。我記得那次他進來。天氣冷得不得了。陰寒的風才把大霧吹散。北富德穿一件大衣，他的鬍髭並不是光的。他帶我到他房子前面分手，等我回到他辦公室，他的鬍髭乾乾淨淨，才經過按摩，手指甲才修過，頭髮也整理過了。所以，那個女人要知道他的理髮師是誰。那理髮店是他唯一不在場時間證人，有個大漏洞在裡面——他根本沒有時間證人。」

柯白莎匆匆進她私人辦公室，去拿她的外衣和帽子。

第十五章 時間證人

太平洋灰狗巴士總站旁，那家「頂上美理髮店」，是一家七張椅子，但是只有三位理髮師在工作的店。柯白莎跨過去，看看椅子上坐著的人，又看看五、六位在等候的客人，她說：「哪位是老闆？」

「老闆剛出去吃點東西。」一位理髮師說。

「你說這時候出去用午餐？」

「是出去午餐。」那人道：「從下午二點開始他就一直想能出去用午餐——他是出去用『午餐』——看，這就是他回來了。」

白莎轉身，看那位自門裡在進來的男人，她根本不在乎那些在等候的顧客對她的好奇，她掏出一張名片，遞到才進來理髮師的前面，她說：「找個地方談五分鐘，好嗎？」

理髮師憂慮地看著坐滿著的椅子。「我沒有時間閒談呀。」他說：「我們人手不夠，我——」

「五分鐘，」白莎堅持道：「而且最好在別人聽不到我們談話的地方。」

男人連反對的時間都不願意浪費。「好吧，」他無奈地說：「進到後面來。」他帶路，一面道：「我就趁機換制服。」他用理髮店等候顧客都能聽到的聲音說：「我的顧客都在等我服務。」

「可以。」白莎說。

後間是從理髮店用三夾板草草隔成的。光線通風都談不上。靠牆一排掛鉤，掛著理髮匠白制服。一個衣架上有三頂帽子掛著。他把自己帽子掛上去，變了四頂。

「好吧，」他說：「要談些什麼？」

「北富德，」白莎問：「你認識他嗎？」

「當然我認得他，在樂開胃大廈十一樓有一個辦公室。他在這裡理髮有幾年了。」

「請你想一下上星期三，他在這裡嗎？」

「星期三，」理髮師說：「我看一下，喔，是的，是星期三。他是在這裡，全套的。理髮，修指甲，白指甲油，按摩。現在到這裡來按摩的一天少一天了。人都太忙了。我們人手也不足，上帝知道，我們——」

「他在這裡多久？」白莎問。

理髮師把上裝和背心解下來，小心地把它掛在一個木衣架上，又把木衣架掛到一個掛鉤上。「至少一小時，一小時半以上。」他說，一面拿起一件白外套，掙著把右手和右手臂伸進袖子去。

「有辦法想起正確時間嗎？」白莎問。

「怎麼啦，可以呀。北富德是不喜歡等的。他總在最空的時間來。大概上午十一點。星期三他來晚了一點。進來的時候正好十一點三十分。我記起來了，那天大霧，寒風澈骨。他穿了大衣。他坐定不久太陽就出來了。我們還談到是寒風把霧吹散了。他離開的時候，他忘記了他的大衣。看，那一件就是他忘在這裡的大衣。我掛電話告訴他，他說放這裡沒關係。下次來理髮再拿好了。喔，你問三問四要幹什麼？」

「我不是問三問四。」白莎道：「我也不是在查他，我是在幫助他。」

「他聘請你的？」

白莎道：「我告訴你，我在幫助他。有沒有別人來這裡問起過這件事？」

男人搖搖頭。

「可能馬上會有了。」白莎道。

「我記起來在報上看到過，他家中有點事發生了。好像是一個女傭人跌下地下室的樓梯，死了，是嗎？」

「差不多如此。」

「你在調查這件事？」

男人一直在匆匆換上制服，希望早點擺脫白莎的糾纏，可以回到前面去把生意做好。不過給白莎問三問四，引起了他自己的好奇心。

白莎瞪他一眼道：「他來這裡理髮。家裡女傭人不小心自樓梯上摔下來，這可能有關聯嗎？」

理髮師一面扣鈕子，一面想想道：「我看是沒關聯的。我只是問問。我對他星期三來這裡也只知道這一些了。」

白莎溫和馴良地跟著他自後間出來。心裡想著這件事早晚會引起宓善樓的疑心的。理髮師向空的椅子後面一站，立即把一切忘記了。

「下面該哪一位？」他問。

一位男士站起來，走向理髮師椅子。柯白莎，一隻手在大門把手上，她說：「啊，我把皮包忘記在裡面了。」一面回身向後面走去。

理髮師看她一眼，一面忙著把白衣罩抖一抖掛到才坐上椅子的顧客前胸上去。「理髮嗎？先生。」他問。

柯白莎知道暫時有足夠時間，她走向掛在掛鉤上北富德的大衣，有系統地，她搜查他的大衣口袋。

左口袋中有一塊手帕，和用了一半的紙火柴。右口袋中有一副手套，一個一按就關上的眼鏡匣。

白莎小心地打開眼鏡匣。

裡面沒有眼鏡——只有金製的牙橋，上面有兩隻假牙。

柯白莎拿起她故意留在小桌子上的皮包，把皮包打開，把眼鏡匣拋進去，把皮包掛在手臂上，走出理髮店。

「再見，」近門的理髮師常規地說：「有空來坐。」

「謝了。」白莎告訴他說：「會的。」

第十六章　隱隱的死亡氣息

傍晚已近，各重要幹道的車輛正在漸漸加多。柯白莎小心地駕車，一路注意速度表，不要超速，又來到了克侖巧大道。到了上次跟丟北太太的地區，她把車速慢下來，以致完全停車。她回想當時尾隨北太太的情況，她把車突然吃進排檔，加油，快速換檔，用差不多當時的速度，假想北太太的車仍在前面，向前全速前往。

柯白莎在大道上次北太太左轉的街道左轉，快速來到交叉路口，當初就是轉入這裡，一面前面無車，不能決定她是左轉、右轉的。柯太太把車在十字路口停下。她左看，右看。她現在發現一點當初她疏忽的地方了。向左，向右的街，都是很長，無法再左右轉的街。要一般街道二、三倍的路程後，才有十字路口。

柯白莎用腦子在思考。

假如北太太自大道左轉後直走，白莎一轉彎會見到她車在前面。白莎最後跟入的速度不算慢，一轉入就看前面已經見不到北太太的車，所以北太太不是左轉，定是右轉，反正一定是轉彎了。但是，白莎立即右轉，又退回來左轉，兩方都無車。在兩方都是如此長，而無交叉路的路上，不可能見不到北太太的車。

這樣大一輛車當然不可能在空中消失，不用說，一定有一個去處。白莎努力回想當時的情況。

自深深的潛意識中，白莎似乎想起，她自大道轉入的時候，好像見到有個什麼人站在一個車庫門之前，那時白莎急於衝至交叉路口，未及細顧。

她勉力地想車庫在哪裡。好像在街的左側。

白莎把車迴轉，沿街慢慢前進。

街角第二座房子好像該是——北豪根街六〇九號。這不能算是線索——甚至可能什麼意義也沒有。但是白莎現在想的是那麼多錢出入中分一杯羹。她什麼可能也不放棄。

白莎把車停好，沿人行道走過來，按這房子的門鈴。她聽到門鈴在屋子裡面響。

她等了十五秒鐘。又再按鈴。房子裡沒有動響。

白莎退下幾步。對這房子外表再仔細看一下。房子有一種被遺棄的感覺。所有窗簾都是拉下來的。門階上，大門門檻上已開始有灰塵聚集。

白莎失望地用大拇指又按了一次門鈴，開始觀看鄰居的情況。

西方一朵掛得很低的雲，把太陽遮住了。黃昏景色因而提早來臨。這一天，在這季節中是最熱的。對街一個院子中幾個孩子在玩——一個八、九歲的女孩，兩個小男孩。

白莎走向他們。「對面房子什麼人住裡面？」她問。

女孩回答道。「寇先生，寇太太住裡面。」

「他們好像不在家？」

女孩猶豫著。

男孩說：「他們出門度假十天。」

女孩說：「媽媽說過不能隨便告訴陌生人。現在闖空門的很多。」

白莎笑笑向他們說：「我聽說他們要出租車庫。你們知道嗎？」

「沒有。他們自己也有車，不過開走了。」

「謝了。」白莎有禮地說：「我只是看一下車庫。我知道他們想出租。」

她退步向後，這次比較有信心，通過街道，走上車道，來到車庫前面。對街院子中的孩子看著她的背影，過了一下又開始玩耍，白莎到達車庫門前時，他們早把白莎忘記得乾乾淨淨。

白莎側向推一下車庫的門，她想車庫應該是上鎖的。

車庫門在滑輪及滑油協助下，無聲、輕巧地推開了幾寸。

白莎再用一點點力氣，車庫又開了幾吋。她是沒有意思要進去的。

她看到一輛車停在車庫裡。

車尾巴向著她。那車尾巴真眼熟。白莎看向車牌。

是北太太的車子和車牌。

白莎自車庫門進去，走到車的右側。

近黃昏的日光，自向東開的車庫門，和北窗中透進來，倒也足夠可以看清楚車庫中的一切。不過才進來的人至少二、三分鐘才能使眼睛適應過來。

白莎自然認為車子裡不會有人的。她把車子右前門打開，開始要坐到裡面去看看車子的儀表。她的腳踢到什麼東西。她低下頭去看，這時她眼睛已適應過來，她看到一條穿了絲襪的大腿，是一個屍體，一半在車座上，一半在車子地上，半夾在駕駛盤與車座中。

這時，白莎的鼻子才嗅到隱隱的死亡氣息。

白莎立即自車中退出，開始想出車庫。想一想，她找到車庫電燈開關，把車庫燈打開。

車庫燈是在車庫正中的一隻吊燈。光線被車頂遮蓋，間接地照向屍體。白莎知道，除了這個機會，她不可能再有機會調查這現場了。

屍體穿了白莎記得十分清楚的白格子布上裝。墨鏡後面是死魚樣的眼睛，但是正面看來，由於墨鏡的關係，屍體的頭有點像貓頭鷹。

擋風玻璃中透進來吊燈的光線，使白莎看到，有一張白色的紙落在車地，屍體旁邊。

柯白莎把紙條撿起來，開始看。

上面有打字字體。白莎初步看出，這是出自與匿名信相同的雷明頓手提型打字機。

我必須開車走西莫亞大道。要裝作毫無懷疑，千萬不回頭查看，但要多自後望鏡用眼角觀察。如有人跟蹤，設法在道森街候機搶次紅燈，但仍以常速前進。我要在北豪根街左轉——北豪根是道森街下一條街。街角第三座房子是七〇九號。車庫門會大開著。我要開進車庫，快快出車，把庫門關上，坐回車去，不要熄引擎，有人會在外面鳴喇叭三聲，我打開車門，把車退出車庫。一切必須依照信中指示，不得有錯——梅寶錄。

白莎把紙條放回原來地方。她湊向女屍，把大拇指摸上屍體的嘴唇，忍住一口氣，把嘴唇分開。

北太太右下牙床處少了一副可取下的假牙牙橋。有兩顆臼齒早已拔掉了。

柯白莎自車中退出。她把車庫門拉上，踮起足跟走向自己開來的汽車。對街小孩子們在歡樂地玩的聲音傳入她耳朵。現在除了打電話報警，還能做什麼？

「真倒了八輩子的楣！」她一面走進車子，一面咕嚕著說。

第十七章 天才兇犯

柯白莎對那位警官說：「進去對宓警官說一下，我不能再等了，我也有自己的事要做。」

那警察只是向她笑笑。

「我是說真的。」白莎生氣地說：「他們在裡面東摸西摸，我已經等了兩個小時了。宓警官知道我住哪裡，要找我請他來我辦公室或住家好了。」

「這樣不方便。」

「對我方便。」

「對警察不方便。」

「你去給我對宓警官說。」

「宓警官在忙。雞零狗碎的事最好不要打擾他。」

「這怎麼能算雞零狗碎！豈有此理。我不管了，我要走了。」

「上級命令，要我在這裡看住你。」

「我替宓善樓找到一具屍體，又憑什麼一定要留我在此？」

「你自己去問你的宓善樓。」

「他們不是讓谷太太走了嗎？」

「谷太太神經不健全。她來這裡是完成指認手續。」

「他們要留我幹嗎？」

「我怎麼會知道？」

「他們沒有發現人是怎麼死的？」

「我更不知道了。」

「你像是只會吃飯，什麼也不知道。」

「那倒不見得。」

「你知道些什麼？」

警官露齒看向她。「我奉令把你留在這裡，我就要留你在這裡。柯太太，目前除了知道這一點外，我什麼也不知道。」

白莎給氣得說不出話來。

突然，門打開。宓善樓警官走進來。他向警官做個手勢，露出牙齒來看向白莎。

「嗨！大美人。」

「大美人個頭！」白莎怨恨地咕嚕道。

「怎麼啦，白莎？有什麼不高興的？」

「高興！假如你認為——喔，算了！算了！」

宓善樓自己坐下來。他說：「你怎麼知道她死了？」

白莎深吸一口氣。「我摸到她的肉。冰冷冰冷的。我嗅到屍臭。我摸她的時候她一動不動。我叫她，她沒有回音。也沒有動。我知道她這種姿勢躺在那裡已經三天了。於是突然一下我瞭解了——就像你們聰明的警察一樣，一下瞭解了。我自己對自己說：『老天，她死了。翹辮子了！』」

「有兩手，白莎。不過這不是我問題的本意。我是問你，在你走進車庫之前，你怎麼知道她死了？」

「我不知道。」

「那麼，你為什麼要進車庫去？」

「我不願意被我跟蹤的人會突然消失。」

「誰願意了？」

「反正這就是我來這裡的原因。我要看一下她怎麼會突然不見的。」

「嗯，原來如此。星期三的中午，你把她跟丟了。所以，在星期五的晚上，你再到這裡來，看能不能碰到她，繼續你的跟蹤工作。有點像西部電影，你把槍拔出來，扣動槍機的時候，一切時間突然停住了。」

「不，不是這樣的。」

「那麼，是怎樣的呢？」

「我只是研究這附近地形。」

「要有更有力的說法才行，白莎。」

「要什麼屁說法。我在這裡跟丟了她，我有我的權利回來找她。」

「你怎麼知道你在這車庫裡跟丟她的？」

「她自大道轉彎進來，之後就見不到她了。」

「那麼那一天你在跟蹤她的當時，為什麼沒進來看看？」

「因為，我想她是在前一條街轉彎——向右了。」

「又怎麼樣？」

「我搶到前面右轉，見她沒右轉，所以退回來又左轉。」

「等一下，你說你當時見她沒右轉？」

「是的。」

「怎麼知道？」

「因為我車子右轉時，見到前面空蕩蕩沒有車子。我認為時間上她來不及右轉後又轉彎了。」

「所以你立即又退回來左轉？」

「是的。」

「但是，左面的街道也是空蕩蕩的，沒有車，是嗎？」

「是的。」

「既然時間上她向右轉了來不及再轉，所以向左轉了。也來不及再轉，是嗎？」

「所以，我要回到這裡來。」

宓善樓讚許地笑笑。「白莎，了不起，下次你再要譏笑我們這些笨警察，要多少時間才能把一個問題想通的時候，你不妨回想一下，這樣一個簡單的雞兔問題，像你這樣聰明的私家偵探，也花了足足三天才有一點眉目。好了！你又為什麼別的地方不看，單只看中這一間車庫呢？」

「我回這裡來，仔細研究她可能消失的方法。看看到底那天發生什麼事了。我發現前面街的左轉、右轉都是兩方塊以上的地聯在一起，很長的距離之內，不能左右轉的。於是我知道，她轉離大道後沒有直行，也沒有在第一條橫街左右轉。她一定是在到第一條橫街前，躲起來了。」

「那天，你沒有注意到前面橫街是雙方塊聯在一起的？」

「老實說，我沒有。」白莎自覺不好意思地說：「我起先認為這只是普通的跟蹤工作。是一件除了出錢叫我跟蹤的人之外，沒有別人關心的工作。當夫妻之間的關係，發展到一方要雇私家偵探了，早晚他們是會拜拜的。至於太太出去是和張三、李四或是錢五、趙六幽會，並沒多大區別。」

「蠻有哲學的。」宓善樓說：「抱歉的是我目前沒時間和你討論婚姻哲學。白莎，你為什麼認為這件跟蹤工作是普通的跟蹤工作？」

「因為我想這是常規工作一件而已。」

「你為什麼沒發現前面是雙方塊的街道呢？」

「那時我氣自己快瘋了。我恨自己，也恨那女人。她開車不快，一點沒疑心有人會跟蹤或在跟蹤，她遵守交通規則，使我覺得跟來輕鬆愉快。老實說我腦子不知飛那裡去了。雖然在跟蹤，事實上，我一直在做白日夢。我只是機械式地跟在她後面而已。突然，她使出那一招，所以我生氣。當時根本沒想到她會轉入一個車庫的。」

「後來才想起來？」

「後來才想起來。」白莎道。

「星期三，後來你有沒有轉回這裡來看看這裡的車庫？」

「沒有。我一路看過車道。我想她也許會把車子停什麼人家車道上，人進屋子去了。」

「既然想到會拐進車道，怎麼會沒想到拐進車庫？」

「說不上來，當時就是沒想到。」

「又是一定要花三天時間才想到的主意？」

「你一定要這樣說。沒有錯。」

「只是給你嘗點味道。」宓善樓說。

「不好受。」

「一件事問你。車子地上有張紙條，你知道嗎？」

白莎猶豫了。

「見到沒見到？」

「見到。」

「碰過了？」

「是的。」

「讀了內容了？」

「是的——只是匆匆看一下。就像每一個人都會的。」

「每一個人都會的？」宓善樓重複地問。

「什麼錯？你認為我看見一個女人死了，不在附近看看，什麼都不問不聞。」

「你知道現場保持的重要性。你知道我不喜歡命案現場有人東摸西摸。」

「我總要先知道她死了沒有，才知道這是命案現場。」

「嗯，我來想一想，你是星期三跟丟她的，是嗎？」

「星期三中午。」

「嗯，你是星期五近黃昏找到她的。她蜷曲在汽車裡，正像你剛才說過已經有屍臭了。你摸她皮膚，冰冷冰冷。你叫她，她沒回音。但是你不知道她死了，要撿起那張紙，唸了，才知道這是命案現場。」

「我——」

「說呀！」

「我怎麼知道上面說什麼？要看一下才知道，也許是十分重要的，是她遺言要辦的。」

「一種起死回生的秘方？」

「少來這一套，諷刺有用嗎？」

「我要告訴你的是，紙上有幾個非常清楚的指紋，」宓警官憂心地說：「我們以為這下有重要線索了。但是，照現在我知道，查出來可能是你的指紋。」

「我抱歉。」白莎說。

「我也是。」

「她是一氧化碳中毒死的嗎？」

「看來如此。」

「你看是怎麼回事？」

「非常妙的一個陷阱，」宓善樓說：「有人寫密告信給這女人，她相信了，被催眠了。要知道，家裡財產都在她名下，可能她不想拿出來。她看得出她先生只是利用她來保持財產，感情是早就沒有了。她可能正在找機會要一次了結。證據越多，她越可一毛錢也不拿出來。她丈夫有賺錢本領，掃地出門沒有關係。她自己能再嫁就再找張長期飯票。不能再嫁，用這些刮來的錢，周遊世界，可能也吃不完了——還是有不少男人圍在她身邊，不過都是為鈔票——」

「你在做什麼？」白莎道：「觸我心境？」

「促你想一想。」

「想什麼？」

「站在她立場想一想——她的立場也就是她媽媽的立場。」

「這件事她媽媽也有份？」

「紀錄顯示，星期二下午她和在舊金山的媽媽用長途電話通話。六點三十分，她媽媽給她電報，說要南下，叫她去接車。」

「電話裡說些什麼？」

「我問過谷太太，她一味推託，但是，最後還是套了出來。梅寶用電話告訴她媽媽，她收到一封匿名信，信中說家中的女傭和先生本來就有不清不楚。谷太太叫她一了百了，這正是離開她先生的好時機。梅寶尚猶豫如此一走了事，對不對得起她先生。她電話中告訴谷太太，她名下現有財產實際上不能算是她的，是她先生的。離開她先生的話，尚須財產的分割手續。谷太太為這事十分生氣。在電話中她向梅寶說教了很多時候，然後決定乘火車下來，當面幫她解決。她是決心拆散家庭的。」

「電報，梅寶見到了嗎？」

「有。電報傳來的時候佳露也在。自電報局記錄，知道電報到本市後是由電信局以電話傳到的。北太太曾經要求再唸一下電報字句，以免弄錯火車班次、日期。是北太太告訴了佳露，兩個人都決定要去接媽媽。北富德根本不知道這家庭危機。他的太太在當晚請他明天要把汽車加飽油，把輪胎、機油檢查好，說是十一點要用車。」

「等一下，」白莎道：「她星期二上午，一直等到十一點二十二分才離開家裡。火車幾點應該到？」

「依時間表應該十一點一刻到，但是誤點了。」

「為什麼北太太和佳露，住在一個屋簷下，但不一起去接火車呢？」

「佳露有些自己的事要在市區裡辦。梅寶早上好睡懶覺。佳露說她買完東西會到車站和她會合。我認為北太太曾用電話詢問火車是不是準時到。現在的問題是火車曾預報準時到達，後來才知道要十二點一刻到。假如北太太遲到十一點二十二分才出門。她當然知道火車預報十二點一刻到的消息。而且她除了立即去車站接媽媽之外，沒時間做太多別的事了。事實上火車遲到一點鐘才進站。

「佳露是九點鐘離開房子的。在市裡辦了點事，到車站早了一點，十一點左右，然後知道火車要十二點一刻才到。她去打電話告訴姐姐火車要遲到，電話沒有人接。她又打了兩次電話。現在你看一下。這時是十一點鐘，照道理北太太應該是坐在電話邊上，等候寫匿名信的來電話聯絡。你自己也知道，她這時還在屋子裡——但是，佳露來電話，她沒有接——可能嗎？」

「老天！」白莎叫道：「只有一個理由。」

「是的，我們來看看是不是想法一樣？」

「那個時候，她正在謀殺莎莉。」

宓善樓點點頭。「沒有錯。」他說。

「那麼，佳露又做什麼？」白莎問。

「佳露認為她在火車站宣佈火車誤點前，她一定是離家去車站了。佳露既然已經在車站了，再進城也沒時間了。所以乾脆在火車站猛等她姐姐來車站。火車到一點鐘才真正進站。梅寶始終沒有來，也根本沒有設法和佳露聯絡一下。現在，你再把這些事加在一起，告訴我你怎麼想。」

「沒什麼想法，唯一的想法是謀殺案是十一點正，在那幢房子裡發生的。」

「我看起來是這樣的，」善樓說：「北太太一定是打過電話，知道火車十二點一刻才到。她一定是急著想接寫匿名信人十一點的來電，但是她十一點時沒有接電話。佳露想用電話聯絡。寫匿名信的也想聯絡她。但是在十一點十五分才聯絡上。」

「為什麼你定在十一點一刻？」

「我認為不會比十一點一刻早。事實上可能是十一點二十一分正。接了電話，五秒鐘之內北太太就離開屋子，進車子上路。所以我說匿名信人用電話和北太太聯絡上，大概是十一點一刻到十一點二十一分之間。」

白莎好奇地說：「你沒有給她太多的彈性時間——從殺人到接電話。」

宓善樓道：「殺人並不一定要自十一點開始殺。她也許忙著善後。」

「但是她丈夫在十一點時回家過。」白莎指出道。

「他沒有進屋。白莎，照你所說，她丈夫只是在門外按按車子喇叭。」

「沒錯。你現在想是她殺的莎莉——不是北富德？」

「看起來是如此。」

「你曾經認為一定是男人做的。」

「沒錯。不過我改變想法了。我現在認為，北太太一定是恨莎莉了。她忙著辦這件事，所以十一點的時候，她沒空接電話——幾乎救了她自己一命。她殺了莎莉，最後自己逃不了別人給她設的陷阱，被別人謀殺了。」

「是什麼人殺了她呢？」白莎問。

宓善樓擦亮一支火柴，把忙著和白莎說話，忘記抽的雪茄再點著。然後他簡捷地回答白莎的問題。

「星期二早上，十一點到十一點二十一分之間，那電話響了。有人指示北太太，進她自己的車，開上大道，在那一個交叉路如何闖紅燈拋掉假如有的尾巴，突然在哈京頓轉彎，立即進入車庫，關上車庫門，不要熄火，等候聯絡。真是一氧化碳中毒的妙計。為了使計畫完美無缺點，我們的主角還特地把車庫裡每一條縫隙用膠帶密封起來。」

柯白莎的眼睛瞪出來問道：「真的？」

「完全真的。」

白莎吹一下口哨。

「自技術來說，」宓善樓說道：「我們要證明這是蓄意謀殺，還真是十分困難。女人是自己不小心引起死亡的，而且——」

「等一下，」白莎插嘴道：「有一件事你忽視了。她接了電話之後，她走去拿她的手提打字機，把對方指示打字打下來，以免忘記細節。」

宓警官的笑容是專家照顧外行的。「別傻了。」他說：「她不可能聽完電話，走去拿她的打字機。首先，她急著要聽別人要告訴她什麼，她是在緊張中，這些指示她已牢記在心。磨滅不掉的。再說她要記下來的話，該用電話旁的鉛筆、便條紙。她拿親筆手寫，會匆匆寫成。用打字機打下來這一套，只是殺人兇手要我們相信的幼稚玩意兒。嘿！外行才會去上當。」

「你意思紙條是兇手打字後，故意在她死後放在那裡的？」

「一定是這樣的。」

「什麼作用？」

「你還不明白呀？就是想叫我們這些笨警察，在發現屍體的時候，相信死人是因為自己不小心引起的死亡。」

「看起來，這也是這件事發生的真正情況。是不是？」白莎問道。

「這倒沒有錯。」善樓說：「油箱裡一滴油也沒有了。打火鑰匙在發動位置。電瓶電用光了。她一定是進入車庫不久後就中毒了，但是車子還是發動，直到最後一滴油燒完為止。我們知道油箱裡至少有十六公升汽油，因為這是北先生那天上午加進去的。」

「那麼，那個殺人兇手一定在人死後進車庫去，把字條放在車裡的。」

「沒錯。這是為什麼我看到字條上有兩個完整指紋，那麼高興。所以我對你那麼生氣，發現是你在裡面亂搗亂搗的。」

白莎道：「我抱歉。」

「你活該。你幹這一行很久了，你也應該知道在命案現場不可以隨便動一草一木。車門把手上有你指紋不能怪你。不開車門，不知道她在裡面，但是一開車門，一見到屍體，你就該退出了。」

宓善樓的語調變成有耐心的說教。他是累了。已經精力不足了，也顯出對白莎的失望。

柯白莎又說了一次。「我抱歉。」

「知道了。」

「是過份了一點。」

「過份了。」

「照你如此說。」白莎突然道：「兇手計畫好，靠意外來謀殺這位太太？」

「是的。」

「那麼兇手除了再要到車庫去放下字條之外，主要還是要去看一下，計畫成功了沒有？」

「沒錯。」

「那麼，兇手為什麼不把黏住縫隙的膠帶撕去，留下一個線索呢？」

「我也想到過這一點，」宓善樓說：「困擾我不少時候。不過假如你假設自己是兇手，就瞭解其中原因了。」

「什麼意思？」

「他的目的已達到了。女人已經除掉了。他偷偷進入車庫，多半是半夜裡。他主要目的是放下紙條，使人認為她自己不小心，死於意外。他有膽進去放那字條，但沒有種在裡面多耽一點時間。他怕被人發現他在裡面。萬一有人看見他在裡面偷偷摸摸，萬一有人一個電話，巡邏車跑來發現半夜裡車庫出來一個人——那還不是等於他槍殺了她，或是用刀殺了她。那就是一級謀殺，他知道的。所以，他不敢留下來把膠帶撕去。他也許想警察不會注意這些小事。即使被注意到了，比他現場被捉，好得多。安全得多。」

「你的意思是現場捉不到他，我們就定不了他罪？」

「怎麼定法？」宓善樓道：「除非我們有足夠人證、物證，證明這件事是一個長久以來，小心想出來，蓄意、惡意的殺害行為，否則絕對沒有判宣他的罪，連拜訪他、問問他都沒有辦法。要知道，他沒有動手謀殺這個女人的行為。女人死的時候，他離開現場可能在好幾里之外。這傢伙有頭腦，一定懂法律。他先把她腦子完全控制了，只想一件事，忽略了平時會注意的小節。所以才會自己在自己不小心情況下死掉。要我們找證據使陪審團相信這是謀殺，或是由高等法院做這是謀殺的決定，恐怕難之又難。」

宓善樓擔心地看看白莎。

白莎問：「你是否已經有一、兩件證據可以指向這個兇手是什麼人呢？」

「有。北富德，北先生。」宓警官慢慢地說：「兇手是個聰明人，發明一種新的殺人方法，是個天才兇犯。北富德自己把事業弄垮了。他坐在辦公室沒事做，正可以慢慢仔細設計，他用他做生意的靈活頭腦，創造出這樣一個妙計來。他可以消除他太太，自己又不受法律的制裁。他自己寫匿名信給太太，告發他自己各種婚外戀情，否則怎麼會有別人知道。他出錢請私家偵探，跟蹤他太太。如此他可以確知他太太開車進了車庫。你還不瞭解嗎，白莎？假如沒有你在跟蹤她，我們可能不太瞭解全況。有了你的跟蹤，我們把時間搞得很清楚。女人在車庫等死的時候，北富德正在理髮店享受他的臉部按摩修指甲，場面美不美？」

「在理髮店裡？」白莎理由不足地問。

「在理髮店裡，這一點我們已經查證過了。在理髮店裡，他很聰明地把大衣留下自己走了出來。所以理髮師不會忘記有這件事和時間。寶貝，你也別裝著什麼都不知道。理髮師也記得，你過去問過那件大衣。」

白莎一句話也說不出來。

「另外有一個女人，在你去理髮店後二十分鐘，也去了那理髮店。她說北先生忘了那件大衣在店裡，要她去代他拿回來。」

白莎臉上擠出各種不同表情。

「看樣子也出你意外吧？」宓善樓說：「不應該呀。到了這個時候，你應該知道他是有一個女幫兇的。」

「怎麼見得？」

「要有一個人，能以專家手法，用他太太的打字機打字。這還不重要，重要的是要有一個女人聲音，給她打電話，把她騙到車庫裡去。白莎，這是全案裡他的缺點所在。他一定得有一個女幫兇。假使我能找到這個女人——別擔心，我一定找到她，叫她講話——那樣我也許可以叫北富德服罪。這件案子並沒有什麼人是兇手的困難。困難是我能不能找到足夠證據，證明這是蓄意謀殺，把兇手送過聖昆監獄煤氣室去。」

白莎勉強地說：「原來如此。」

「告訴你，白莎。」宓善樓說：「假如你隱藏什麼證據不告訴我，假如你再在案子裡東揭西搗，假如你再擋住我辦案。我馬上給你好看。叫你吃不完兜著走。不要說我沒有告訴你過。你現在可以走了。」

第十八章　牽涉太深

卜愛茜自打字機上抬頭看向進來的柯白莎。「早安，柯太太。」

「早，」白莎說。一屁股在卜愛茜對面一張椅子上坐下來。「我看起來是遭天譴了，你看我怎麼樣？」

卜愛茜笑笑。「我從報上看到，屍體是被一個在辦本案的女私家偵探發現的。我就想到是你。不好受吧？有睡覺嗎？」

「沒閉過眼。」

「那麼糟？」

白莎想說什麼。自己控制住了。摸呀摸，摸出一支紙菸。「唐諾現在要是能回來，叫我用什麼來換都可以。」

「是的，我相信你想念他了。但是，你沒有在調查這件案子，是嗎？」

白莎把紙菸點著。沒有接腔。

卜愛茜繼續說：「我知道北富德可能在利用你。」

白莎說：「愛茜，假如我沒有人可以談談，我會逼瘋了。倒不是要你給我什麼建議。」她趕快加一句，「但是這件事不斷地在我腦子裡轉呀轉的——像一隻狗在追咬自己的尾巴。我現在牽涉進去太深了。退都退不出來了。那裡再敢向前進。」

「我不懂。」卜愛茜說：「你牽進北富德案子太深了？」

「不是，是牽涉進謀殺案太深了。」

「警察認為這是謀殺嗎？我看報上形容這是不小心死亡。她沒有把引擎關上——」

「警察認為這是謀殺。我認為這是謀殺。事實上，這確是謀殺。我自以為聰明，搞了一點鬼，現在可套牢了。」

「我看不出怎麼會是謀殺案，」愛茜道：「有證據嗎？」

「非但確認這是謀殺案，而且警察知道這是什麼人幹的。誰是兇手這一點已經沒有問題。這件案子和一般謀殺案不同，通常都是有了屍體要找什麼人是兇手。這件案子，我們知道什麼人是兇手——而他坐在那裡暗暗地在好笑。整個案子只有一個小弱點——現在我正握有這個線索。我本該在宓警官問我時把知道的都告訴他。但我有點怕。我現在變成隱瞞證據了，那更糟了。」

卜愛茜同情地說：「那時你為什麼不說出來呢？」

「我自己也說不上來。」白莎承認道：「當然，一切開始於宓警官把第三封信搶過去，而不肯告訴我內容。可惡的他，始終就不讓我知道裡面寫了點什麼。那個時候我心裡在說；『好吧，下次要是我找到什麼對你有利的，我也不告訴你！』」

「我懂了你會有什麼感覺，柯太太。」卜愛茜眼中有不敢笑出來的表情。「我看得出宓警官對你不滿意了。」

「我也生氣了。」白莎說：「真的生氣。那時我決定我以後不會給他好臉色看。管他去死去活。隨後，事情發生了。我想通了其中的關鍵。我想假如我真正要逃避責任的話，這一切都要怪賴唐諾。」

「怎麼會怪到他身上去呢？」愛茜不服氣地問：「你得到一個線索，怪他做什麼？」

「倒不是因為我得到一個線索怪他。」白莎說：「而是因為我得到這線索的方法，因為我處理這件事的方法。你知道的，我本來只開著這一家小小的偵探社。我做夢也不會想和警察作對。我也決不敢隱瞞警察什麼東西。我也拿不到什麼警察會有興趣的東西。我只是一個不起眼的偵探社，接點小案子混口飯吃。然後賴唐諾來了。」

白莎停下來，深吸一口菸。「真是一個腦子特別好的小渾蛋，」她繼續說道：「花起鈔票來像流水。要不是他有各種賺錢的怪念頭，連我也早被他拖垮了。我一輩子從來沒有見過那麼多錢。不過他出牌從不依照牌理。事實上他出的牌，也根本不是你明明看到他拿出來的那一張。他總走在每一個人的前面幾步。他城府深，不給別人看到他手中的牌，然後，在最後一刻，他要事件依照他早就知道的事實。依他要的方式，突然結束。留給我們合夥公司一大把鈔票，只因為他知道一、兩件別人不知道的線索。

「我不能不承認，在這一點上，唐諾比我強得多。所以，在這件案子上，因為我得到了線索，我也學他不吭氣。我應該說出來的。但現在太晚了。我騎在虎背上去了，上下不得。我豬八戒照鏡子了。裡外不是人。」

卜愛茜說：「假如說出來可以讓你舒服一點。我會絕對保密的。」

白莎說：「是她丈夫殺了她的。這件事清楚得很。問題是他用的方法非常聰明，沒有人能定他的謀殺罪。即使什麼證據都有——可能還不能說他是謀殺。不過，這裡面，他有一個女的同謀。現在問題出來了——女的同謀，是什麼人？」

卜愛茜說：「我不參與研究，你要說就說。」

「說出來我會舒服一點。」白莎承認著說：「同時一面說，一面想，我也會清楚一點。他有一個女的同謀。是誰？有一時，我以為是佳露的生母，但是不可能。這兩個人不認識，也搞不到一起去。」

「她就是昨天到我們辦公室來的那位嗎？」

「是的，她的目的是要找出誰是北富德的理髮師。我替她找出來了。為此我得到五十元進帳。此後，我只要打一個電話號碼。有人來接，我把理髮店名告訴對方，於是銀貨兩訖。」

「電話號碼還在？」愛茜問。

「還在——我也查過了，是市區一家雜貨店的公用電話。一定是有人等在附近等電話響的。可能是佳露的生母。」

愛茜同情地點頭。

「但是，」白莎說：「我也用心地想過。我研究賴唐諾碰到這件事會有什麼做法。我問自己，佳露生母要知道北富德是什麼人替他理髮的，為什麼？他的理髮師和這件事又有什麼關係。所以我回想北富德，最後一次見他面的時候是星期三早上，他油光滿面的像是才從理髮店出來。

「我自己去那理髮店問了不少問題。裡面老闆記得他去過那裡，穿了一件大衣，出去的時候還忘記帶走大衣。佳露生母知道這件事，要搜那件大衣。我先一步在大衣裡找到了一件東西，那是個重要線索。」

「什麼？」愛茜問。

「不能講。」白莎道：「連你都不能講。倒不是白莎不相信你。我不敢講呀。」

「不要緊。」愛茜同情地說。

「這東西可能可以使宓善樓證明北富德是個謀殺兇手——也可能不見得。我不知道。我只知道佳露的生母也想要這件東西。我只是搶先一步。她不是北富德的女同謀，要不然，她也不會找我。」

「當然，有一個可能，北富德的目的是要你去拿那件東西，而你一步走進他的陷阱。」愛茜說。

「今天清晨兩點鐘，我也想到過這種可能性。」白莎承認道：「所以我一直睜了眼看天亮。」

「為什麼你不跑去看宓警官，把所有事情說明……」

「因為這是一般『普通』偵探社『應該』做的事。」白莎道：「但是，我們現在已經出名了，不是『普通』收費的偵探社了。」

「該死，這都是受了賴唐諾的影響。不過我也是為他好呀，他去歐洲是要花錢的，回來的時候，他需要錢，我打算替他賺點錢呀。」

「我知道你的想法了。」

「假如我告訴宓警官這件事。警察就完全接管了。這件案子對我們言來，就結了。而且他會暴跳如雷地怪我早先沒有告訴他。然後，在審問過程中，我會是檢方的證人，辯方律師會死命詰問我。問我為什麼搜到這件東西要暫時占為己有。暗示我有搞詐的可能。暗示我搞詐不成，才拿出來洩恨。臭律師什麼都想得出來懲你。」

「沒有錯，我有一次幹過一回證人。」愛茜說。

柯白莎沉思了幾乎一分鐘。「好吧，」她說：「我得出去，自己找出路了。佳露的生母一定知道是我先她一步取得了那件她想要的東西。假如北富德知道那在我手上——他會要殺了我的。這件事我要處理得兩面光，還要自己有點好處，怕是太難了。」

「假如有什麼我可以幫忙的。」愛茜說：「可以算我一份。」

白莎為難地自椅子中把自己撐起來。

她說：「整個案子裡，還有許桃蘭，大家暫時忽視了她，我倒認為——」

「可惡，又有人來了，每次我在辦公室的外間，總有人在我能——」

辦公室大門被人推開。

哭得眼睛發腫的谷太太，由谷佳露伴著，走進來。

谷太太看到白莎在，臉色高興了一點。佳露說：「柯太太，你早。我們想見你一下。母親為這事哭了一個晚上。但是——有件事必須立即辦。我們想和你談一談。」

「你們自己先去我私人辦公室。」白莎說：「自己進去先坐一下。我一下就進來。我有一些事要關照我的秘書。你們不必客氣，自己進去好了，我立即來陪你們。」

「謝謝你，」谷太太說：「我們感謝萬分。」

佳露說：「你能馬上見我們，真是感激。」

白莎看她們進入自己辦公室。她轉向愛茜道：「這下可好了。」

「有機會脫困了？」

白莎笑道：「有機會弄兩文了。好人，你別被愚弄了，谷太太可能真的會很傷心，但是有眼淚的眼睛還是看得雪亮的。這個女人不是個傻瓜。而且她是一塊肥肉。」

「我不懂。」

「你自己想，」白莎低聲道：「有一筆連上帝都不知道有多少的錢。北富德轉賣所有東西，變成現鈔，歸到他太太名下。他把太太殺掉，以換取自由，同時把錢弄回來。谷太太又正在向前努力，叫女兒離婚，把這筆錢帶走。你可以見到他們家庭真是各用心機，鬥死鬥活。北富德已經向我表明態度，他和我之間聘雇關係已經結束。現在我可以自由接受谷太太的雇用了。」

「但是，你不能改變財產的權利——」

「你還不懂？」白莎道：「法律有規定，不論遺囑是怎樣說的，一個人不可以從自己謀殺的人那裡接收被謀殺人的遺產。這一點我知道，因為唐諾告訴過我。現在，你好好坐在這裡，你給我猛敲打字機，使辦公室看來熱鬧非凡。我白莎要進去，在肥肉身上好好的咬她一口。」

白莎把下垂的雙肩直一下，把下巴向上一翹，恢復了原來的自信態度。「愛茜，我知道唐諾會怎麼辦。他會七弄八弄把事情定在抽成計酬的協議上。然後，他會用他獨有的線索，把謀殺罪釘在北富德身上，把大筆鈔票放在谷太太坐著的大腿上，自己分到自己應得的百分比。老天，弄得好可以分她百分之十，這筆財產可能有七萬五千元。我們會有七千五百元，叮的一下進入收銀機裡去。」

「是的。」愛茜承認道：「我想唐諾一定會這樣做，而且他會做到宓警官不但不氣他，反而十分感激他。」

白莎散出決心的眼神，她說：「我正是要這樣做。」

卜愛茜對她似乎沒有那麼大信心。

「首先，」白莎道：「我要做一個好的推銷員。我研究過推銷術。我要在這個女人身上試用，我要說服她以百分比來計酬。她認為她可以比照一般計日收費來打發我，我會淺淺一笑，但是十分堅決。你看我如何來處理這件事。這次看我要一點手段。」

白莎一把抓起愛茜桌上一堆信件，也根本不去看一下是些什麼性質的。她把信抓在左手，明顯地放在胸前，裝出一副非常重要職業性的樣子，清清喉嚨，大步邁過接待室，走進自己的私人辦公室，把門關上，向兩位訪客抱歉地笑一笑。

她把自己坐進會吱咯發響的迴轉椅中，清理一下在她面前的桌子，把手中信件向上一放，看向佳露，再看向谷太太，用的是同情的笑臉。

「我知道，現在用言語來安慰你不見得有什麼用。不過我還是要說一下，希望你能節哀。」

「謝謝你。」谷太太低聲地回答。

佳露在這時要表示她的鎮靜，她打開僵局，一本正經地說：「柯太太，這件事太可怕了。這件事對我媽媽打擊太大，我想她精神已經有點崩潰了。

「梅寶就這樣死了。對她實在是個大打擊。」

「別為我擔心。」谷太太無力地說。

佳露冷靜地繼續她的開場白，她說：「柯太太，在我們深談之前，我們先要弄清楚，你曾經受雇於北富德，但是你們的關係結束了，你現在不再受雇於他，所以我們的談話你不必向他說起。這種前提，對不對？」

「大致上差不多。」白莎說。「他認為我把事情弄糟了，他拍拍屁股走路，我倒真謝謝他有這個決定。」

「當然，」佳露繼續道：「我們必須十分小心。我們不能有什麼直接的指控，至少目前還不可以；但是，我要我們雙方都能瞭解這件事情。我想我們能避開這件不說出來的事實，但是繼續進行我們要談的事情。」

白莎只是點點頭。

「反正，」佳露快快地說下去。「我們千萬不能失去了自己的立場。你知道我指什麼。北富德的秘書正在告你，為了你說她的幾句話。」

「我不過是為了查清這件案子。」白莎輕蔑地說：「這個可惡的小——可敬的年輕女士——竟惡人先告狀。」

「我知道你的感覺，但是我一點也看不出她有什麼可敬之處。」

「我的律師告訴我，在訴訟結束之前，她永遠是一位可敬的年輕女士。」

「但是，在我看來，」佳露絕對地說：「她只是一個小——」

谷太太咳嗽。

「好吧，」佳露順從地說：「我真高興她已經離開北富德的辦公室了。我一直想她是有一些曖昧的。事實上，她看起來好像辦公室是她自己的。」

「她對自己的魅力一直十分關心是真的。」谷太太說，說話的語氣好像因為受了大的打擊，對世事看開了一樣。「她的行為蠻有挑撥性的——當然是女性的挑撥。」

「媽媽一定非常不舒服。」佳露說：「由我來發言好了。」

白莎轉了半個身，面對佳露。

佳露的態度，是一個一輩子躲在幕後的年輕女士，突然在一次事變之下，挺身出來，負起責任的樣子。她似乎對自己能控制這裡的局勢，相當高興。

「事情已演變成這樣，柯太太，我們現在需要你的幫助。」

白莎道：「當然，假使我能有什麼可以幫忙的，一切是可以安排一下的。我這一行我堅守自己的原則，不能給客戶好處就一毛錢也不要收他們的，我發現有的案子以百分比計酬彼此划得來。對客戶能有多少好處，我們收多少的百分比。如此我也可以全力以赴。」

白莎停下來，有希望地期望對方。

谷佳露快速地說：「沒有錯，柯太太。我相信你能使你客戶都滿意的。」

「事實確是如此。」白莎同意道：「再說，一旦我接手一件案子，我一定忠於職守。我是一隻牛頭狗。我咬住不放，直到我雇主需要的結果咬出來為止。這就是我柯白莎。」

佳露說：「我聽說過，你十分能幹。」

谷太太把放在眼上的手帕取下。「而且非常忠心於雇主。」她補充道：「柯太太，你們信譽很好，我想客戶對你們的服務也一定會甘心多付一點報酬的。」

「大部分如此。有的時候，在事先還需要費一些唇舌。」白莎笑笑說：「我發現客戶智慧越高，就更會覺得高付我報酬對他們是划得來的。」

「我想替我們出力，我們不會虧待你的。」佳露看一眼她媽媽，快快地說：「柯太太，我們知道你是忙人，我不客氣有什麼說什麼了。」

「我來告訴她。」谷太太說。

「我就喜歡乾脆爽快。」白莎道：「你就快說吧——當然，本案尚有一些不便直說之處——但我是快手快腳的。」

「彼此瞭解就好。」谷太太說。

「既然如此，」白莎擠出她視為最甜的笑容道：「你先說你想要什麼。」

佳露看著她媽媽等她發言。

谷太太歎了一口氣。把手帕在鼻下按了兩下，說道：「你知道，我那女兒的丈夫是一個推銷工程師。我不知道這是幹什麼的。但是他經常主管某種商品的分銷狀況，自此賺取一個百分比。」

白莎知道，這是開場白，她不去浪費搭腔的時間。

「當然，最近他沒有什麼推銷的問題。不久前曾有原料問題。廠家定單多，貨出不來。這段時間北富德非常倒楣——」

白莎點點頭。

「不久之前，他把他所有錢財轉入我女兒名下。」

白莎這次連頭也沒有點，她向椅背一靠，雙目注視著谷太太，全神貫注。

「當然，」谷太太說：「其用意非常明顯，主要是避免他的債主用法律途徑來查封他的財產。但是，他站證人席，宣誓後，完全不承認這是他財產過戶給我女兒的目的。柯太太，我對法律不十分清楚，但據我所知，這件轉讓過戶案中，轉讓過戶的目的非常重要。假如轉讓目的是逃避還債，轉讓過戶就會被判無效。假如不是為此目的，別人不能向我女兒逼債。」

「這一次轉讓是判定有效的嗎？」

「沒有錯。」

「現在你女兒一死，這筆財產就成了她個人的遺產，不是她和她先生的共同財產了，對嗎？」

「沒有錯。」

「一筆數目很可觀的錢嗎？」白莎真心，有感地問。

「是的，數目十分可觀的一筆錢。」谷太太冷冷回答，把這一段談話資料明顯結束掉。

三個人各懷想法，室內靜了幾秒鐘。谷佳露突然說：「柯太太，事實的演變是最近幾個月來，梅寶和北富德之間處得非常不好。她有理由相信北富德——你知道——他——我是說——」

「在外面亂搞？」白莎簡單地說出來。

「是的。」

「好吧，她以為他有外遇，又如何？」

「她寫了一張遺囑，把她所有財產留給我媽媽和我自己。」佳露明確地說。

「你怎麼知道的？」

「她親自告訴我們的。事實上是她告訴我們她在寫這張遺囑。她用電話告訴我媽媽，她正用她打字機在打這張遺囑。她知道她需要兩個證人。我知道冷莎莉是一個。我不知道另一位她找了誰。」

「遺囑現在在哪裡？」

「問題出在這裡，柯太太，」谷太太說：「我女婿把它燒掉了。」

「你怎麼知道？」

谷太太微笑著下結論。「我想這一點你可以幫得上忙。」

「假如我能夠呢？」白莎小心地回答。

「假如你能證明，這張遺囑是在梅寶死後燒掉的，我們能另外再提供一些證據——譬如梅寶在電話中說些什麼話。」

「遺囑上日期寫的是哪一天？」白莎問。

「我們相信是她死的前一天，四月六日。」

期望中的回答，使白莎臉上現出光輝，天真得如無邪的孩童。「是的，谷太太。這一點我可以幫忙。」

「那我太高興了。」谷太太說。

「這對我們是十分重要的。」佳露說：「經你一說，我們放心了。我對媽媽說過，你肯幫忙的。我對媽媽說：『假如有人能幫助我們，世界上只有那位我們走進北富德辦公室時，已經在裡面的那位性格開朗，身體健壯的太太了。』」

柯白莎謹慎地拿起桌上一支鉛筆，慢慢地把玩著。「你們，」她說：「心裡有什麼打算？」

谷太太說：「你只要把事實說出來。不要隱瞞，也不要怕得罪人。你可以先到我律師那裡，簽一個筆錄。然後，假如要上台作證，你也只要把你走進北富德辦公室時，看到的說出來。因為我們知道，北富德就在你和宓善樓警官進入他辦公室之前，把這張遺囑燒掉的。」

白莎簡直有點無法相信自己的耳朵。「你的意思，只要我出面做個證人？」

佳露高興地說：「柯太太，你不知道，我們已經找到北富德在辦公室壁爐架上燒剩下來的紙灰，一位筆跡專家正在檢查這些灰燼，他有可能把它重組，而且十分有把握可以證明這是我姐姐的遺囑。再說這灰燼是在其他灰燼之上，的確是北富德最後燒掉的一張文件。我們相信彭茵夢知道很多，但是肯說的太少。她當然不肯主動來幫我們忙。不過我們相信你是肯幫忙的。你會實說你走進北富德辦公室時，有文件正在壁爐中燃燒。柯太太，你只要證明這一點就好。文件正在壁爐中燃燒。我是後來的。我也會作證，我過去時文件仍在燃燒中——」

「等一下。」白莎說。她臉上笑容已完全消失，她眼光又冷又硬。「這樣對我有什麼好處？」

另兩個女人互相對望著。然後由佳露回答：「當然，應該給證人的規費，我們不會少的。柯太太，你去我們律師辦公室來回車資和時間我們負責。」

白莎勉強自己，把聲音放平。她問：「你們到這裡來，除了要我去作證人之外，沒有別的要求，是嗎？」

「完全正確。」佳露回答。再一次現出她處理事務的能力。

「當然，我們付的費用，可以比照規費的最上額。五元、十元的對雙方都不是大問題。律師說超過最高規費就有出錢購買證人的嫌疑了。我們雙方都划不來，是嗎？」

兩位女來客滿面笑容地看著柯白莎。

白莎的嘴唇都硬化了。「那倒是真的。我們雙方都划不來。就為了划不來。就為了划不來，我不會去作證什麼文件在壁爐中燒。我不會去見什麼鬼律師。我也不會上台去作證。」

「喔，柯太太！你答允我們要幫助我們的。」

柯白莎說：「我答允你們，可以找到你們心目中想找的證據。我是說提供我偵探的能力和服務。」

「喔！但是我們並不需要一個偵探。這件事簡單、明瞭。我們的律師說，只要專家把那灰燼證明出來是那遺囑，其他循理成章，一點困難也沒有。」

「那麼你們付律師的，也應該是一般規費囉，是嗎？」白莎澀澀地問。

「不是的，他是以百分比計酬的。」

「打贏官司，財產判決歸你們，你們另外再付他費用，替你們辦遺囑認證，清理財產，對嗎？」

「他說過，這些費用是照規費的。」

「原來如此。」白莎假客氣地說：「我真抱歉，幫不上你們的忙——除非你們覺得需要一個私家偵探替你們調查事實。」

「但是，柯太太，一切事實我們都知道了。我們需要的只是一個能作證的證人。」

「你女兒死了之後，你倒是很忙的。」白莎道：「律師、筆跡專家，見過不少人。」

「大部分的工作都是在屍體發現之前做的。我幾乎可以確定北富德已經把她謀殺了。昨天上午我都已經確定是怎麼回事了。所以我決定不使北富德得到這筆作孽錢。我們對你能找到屍體，真是感激萬分的。」

「沒什麼，」白莎快速地回答：「我有更多本領替你們找到更多的事實，假如你們——」

「我們的律師，」谷太太順利地在白莎稍停時插嘴道：「他說，我們已經有了一切的事實了。只缺證人證明這些事實。」

「好吧，他說了就好。」

「但是，柯太太，你能不能作證，壁爐裡——」

「恐怕不行。我不是個好證人，我對律師過敏。」

「我們的律師說，我們可以給你一張開庭傳票，召你來作證人，你不得不來。他認為先和你建立一點友誼關係，會好一點。」

白莎抱歉道：「我的記憶力，最近衰退得厲害。目前我連北富德辦公室裡有沒有一個壁爐都記不起來。當然，也許過一陣後會想起來的。」

谷太太一本正經自椅中起立，正式道：「柯太太，真抱歉，我一直以為不必給你傳票，你會主動將事實告訴我們的。」

柯白莎把手伸向她帶進來的一批信件，口中說道：「那麼不送你們了。」

她看著她們離開辦公室。辦公室門一關，她忍不住大聲罵出一句三字經。白莎房間裡沒有聽眾，即使是一句很不雅的三字經，但是效果上差了很多。

她站起來，一下把門打開。

卜愛茜抬頭看向她說：「她們離開得很不高興。怎麼啦？」

「她們不高興！」白莎喊道：「我難道高興？這一對假道學，耍嘴皮子，想占人便宜的寶貝母女！你想不想知道她們想要什麼？要我出庭作證，星期四早上，我和宓善樓去北富德辦公室的時候，有些文件正在燃燒——她們只想付我證人規費。她們這兩個——這兩個——」

白莎激動得話都說不出來。

卜愛茜又同情，又好奇。「柯太太，」她說：「跟你那麼多年，這是我第一次看到你想不出一句話來罵人。」

「想不出？」白莎大叫道：「老天，我會想不出話來罵人！我只是不能決定該先罵哪一句！」

第十九章　曖昧關係

星雲公寓在管理上就是標榜相當豪華、安寧的居住環境。所以每位訪客都必須要先通知接待櫃檯，把來訪的人先殺殺威風。

櫃檯背後的管理員大概三十出頭——高、瘦、謹慎，衣著很整齊。他站在櫃檯後面，面部沒有一點表情，看著進門的柯白莎邁動她一百六十五磅體重的肥軀，走過設施華麗的前廳，向櫃檯接近。

這管理員的頭髮梳得油光雪亮。當白莎像條戰艦一樣邁到他面前時，他把整齊的眉毛一彎，彎成一個正好使對方要採取守勢的角度。

「你早，」他說。用的語調有如白莎是位他經理召來的做窗簾的。倒也並沒有以對付商人的口氣來對付白莎，但也絕對不是接待高貴來賓的口氣。

白莎來這裡目的不是交際的。「有沒有一位許小姐住這裡——許桃蘭小姐？」

「嗯，是的——許小姐。你是——？」

「我是柯太太。」

「抱歉，柯太太，不過許小姐突然遷出她原住的公寓了。」

「去哪裡了？」

「抱歉，我沒有辦法告訴你。」

「有留下轉信地址嗎？」

「是會有人轉給她。」

「轉到哪裡呢？」

「假如你寫一封信給她，我保證她一定收得到。」

白莎氣呼呼地看向他。「你給我聽著。我是有一件相當重要的事馬上要找到許桃蘭。假如你知道她現在在哪裡，告訴我地址。假如你不知道地址，你把怎麼可以找到她告訴我。」

「抱歉，柯太太，可以告訴你的，我都已經說過了。」

「她是什麼時候離開的？」

「抱歉，我不能告訴你。我只能告訴你，她突然遷出了。」

「有人找過她尾巴嗎？」白莎問。

「你說什麼？我不太懂。」

「她遷出之後，有別人來問過她哪裡去了嗎？」

「這一點我也無法奉告。」

管理員經過白莎肩頭看向站在白莎後面的一個男人，他穿的是鬆垂的套裝，手裡拿了一卷用橡皮筋捆在一起的一堆像合同一樣的文件。

「你早，」管理員說。用的是比對白莎說早時更冷、更疏遠的語調。

男的來人連客套的話都懶得還一句。他用粗短的大拇指翻著帶來的文件。找到他要的一份後，他只是用左手拇指夾在其中一份上面，仍舊用左手拿著這一捆紙張。兩隻髒髒的指甲夾在文件的最上面。「頂好鋼琴租賃公司。」他說：「許桃蘭租的鋼琴該付月租了。你代她付，還是我上去收？」

這下，管理員受窘了。他看看白莎，對收帳的人說：「許小姐會在明、後天自己和你們聯絡的。」

「她搬走了。」白莎說。

收帳員看向她。「怎——怎麼說？」

「她搬走了——離開了。」

「合同有規定，鋼琴要換地點，一定要書面通知我們。」

「不過她搬走了，不相信可以問他。」

男人轉向管理員。「她到底還在不在這裡？」

「她——她要我——」

「到底是在，還是不在？」

管理員賭氣道：「帳單我來付，我也負責你鋼琴沒有問題。」

「五元。」收帳員拿出一本印好的收據，不太響地用手掌拍在櫃檯上。「假如她沒有通知我們，自己把鋼琴換了地點了，那是嚴重的違約。」

「保證你沒有損害，而且她會立即和你們公司聯絡的。」

「她就是不能把鋼琴搬離這個地址。——五元。」

管理員打開保險抽屜，拿出一張五元面額的鈔票，捏一下，橫裡面拉一拉，拉出啪、啪的聲音，放在櫃檯上面，他說道：「簽你收據吧。」又看向柯白莎，他說：「這位太太，再見了。」

柯太太沒有動，兩隻手肘仍依在櫃檯上，看那男人在一本收據的最上一張簽了個字，填上日期，撕下收據，也放在櫃檯上，順手把五元鈔票放進口袋。他說：「叫她再看看合同。租來的東西不可以隨便搬家的。」

管理員想說些什麼，自動停住了，生氣地看著白莎。

收帳員離開櫃檯，經過裝飾華麗的前廳，走出大門。

管理員拿了收據，轉身走向放住客鑰匙和留信的鑰匙小格。走了一步就停了下來。回身把收據放進了保險抽屜的現鈔格裡。

「幾乎忘了。」他說。

「多想想，」白莎說：「你就會多想起一些事的。」

他真的是起疑了。「柯太太，我想你也應該走了。」

白莎猶豫了一下，突然，她轉身就走，走出大門。

白莎走到對街，看到一個報攤。她向看報攤的人說道：「一、兩天之前，昨天或是前天，對街公寓裡有人搬一架鋼琴出來。我想知道搬家公司是哪一家。」

那男人說：「幫不上忙。」

「你沒看到車子上搬家公司名稱嗎？」

「這一、兩天，我根本沒看到有卡車搬家。當然，我有我的事，不會一天到晚看風景。」

柯白莎跑了四、五家其他的店舖。都沒有人見到搬家車或是有人搬鋼琴。她走進電話亭打電話回辦公室。是卜愛茜接的電話。白莎說：「釣凱子的功夫還在嗎？」

「什麼意思，柯太太？」愛茜問。

白莎說：「許桃蘭本來住在星雲公寓十五B。這裡看門的死板得要命。把你自己打扮一下，給在櫃檯後面的年輕男人上點勁。你就說想要租一間公寓，問他有沒有待租的。當凱子先釣住他。」

「什麼時候出馬？」愛茜問。

「馬上，而且要乘計程車來。」白莎說：「我會在街角等你。你會見到我的，但我們不要說話。你出來的時候，向我這邊走，我會跟上來的。」

白莎掛上電話，估計再怎麼快，她至少也要等五、六分鐘。她走回書報攤，瀏覽一下書報雜誌。然後，她又回到街角，去等候愛茜。她看到愛茜進入公寓，在裡面混了足有十五分鐘之久。白莎候在街角，愛茜走過來和她會合。

「怎麼樣？」白莎問。

「運氣好極了。」愛茜道：「那傢伙說，單身女子要來租公寓，需要有人介紹。我問他，市長或州長的介紹信可不可以。他叫一個助理帶我看僅有兩個沒有租出去的單位。其中一個就是十五B。」

「是空的？」白莎急著問。

卜愛茜點點頭。

白莎皺眉道：「愛茜，假如你租了一架鋼琴。而你要搬家，怎麼辦？」

「我——我怎麼知道該怎麼辦。」她笑出聲來。

白莎突然道：「你當然會打電話到出租公司問一問，對嗎？」

「應該的。」

白莎下決心地說：「你回進公寓去。告訴他們你另外有個朋友，確定告訴你公寓裡另外還有一個空的單位等候著要出租的。問他們為什麼不把所有空的單位都給你看一下。然後問他們是不是最近，一、二、三天之內他們曾租出了一個單位。裝得神氣一點對付他們。他們會上當的。否則他們理也不會理你的。」

「看我的。」愛茜道：「他已經對我非常服貼了。你要不要在這裡等？」

「我等。」

卜愛茜回進去，五分鐘就帶了消息出來了。「有間十二B，一直到昨天還是空著的。一位史太太昨天搬進去。」

白莎露出她的牙齒來。「好傢伙，這個管理員。多半是他的腦袋想出來的詭計。好吧，愛茜，你可以回辦公室去了。」

白莎回進電話亭，打電話給星雲公寓。她說：「一位史太太留話說，要我打這個電話接十二B，有這回事嗎？」

「這等一下。」

電話接進去，一個女人的聲音謹慎地說：「哈囉？」

白莎道：「這是鋼琴公司。下面的人付了月租，說你搬了一個公寓。」

「喔，是的。我高興你打電話來。我本來就是要找你們。是的，謝謝你。」

「公寓是在同一大樓，同一地址嗎？」

「是的。」

白莎道：「這情況的確少見，我要來看一下，可能要你付五角錢。」

「沒有關係的，我付你們好了。」

「我現在就在你的附近。」白莎道。

「可以，我等你來。十二B。我知道，應該先通知你們的。」

白莎走回進星雲公寓裡去。管理員抽口氣看向她，要開口說話，但是白莎理也不理他，直向電梯闖。管理員快步用公事化的樣子趕上去。「抱歉，」他說：「這裡沒有經過通知，外來客人是不可以上樓的。」

白莎甜甜地向他一笑。「十二B的史太太，請我自己上去的。」她說：「我才和她在電話中談過。」

管理員楞在那裡不知如何回答。白莎向開電梯的小廝說：「我們上吧。」

柯白莎敲門的時候，聽到門裡面有人在用電話說話。過一下，電話會話中止。柯白莎把門敲得更響。

房間裡面沒有聲音。白莎拉了嗓子說：「桃蘭，你放我進去，還是我一直在外面等你出來？」

門打開。一個三十歲左右的女人，滿面怒容，敵意地在門裡面瞪著白莎。「有人告訴我，」她說：「你一直在樓下——」

「我知道。」白莎說：「下面的管理員不喜歡我。我也不見得喜歡他。不過，目前你還是讓我進去好。」

白莎有力的上臂，只是一掃就把體重相差頗遠的女人撥過一旁，自己走進公寓房間，對鋼琴點一下頭，選了一張最舒服的椅子坐下，點上一支紙菸。

還在門口的女人說：「這一類事情有個規定。你知道嗎？」

「我知道。」

「管理員說可以報警，攆你出去。」

「他說得出來的。」

「是的，我相信他的。」

「但是不會去做的。」

「為什麼？」

「因為我和警察是一路的。我一句話，他們就把你捉起來。他們會拖你到地方檢察官辦公室問你問題。新聞記者會趕來搶拍你的鏡頭。而且——」

「你想幹什麼？」

「不幹什麼，只是我要和你談談。」

「下面告訴我，你是柯太太，」

「是的。」

「他說你可能是個偵探。」

「笨人有時也會觸對頭的。」

「柯太太，我能不能請問，你到底要幹什麼？」

「可以呀，」白莎道：「把門關起來，過來坐下來，把胸中過重的負擔放下，和我談談北富德。」

「我不想談北富德。」

「那就談他太太。」

「我聽說她窒息死了。」

「沒有錯。」

「我從來沒有機會見到過她。」

「她從你那裡收到過一封信。」白莎說。

許桃蘭太太沒有出聲，像對這句話完全沒有反應。

白莎道：「看來換一個公寓單位這種主意，是出自樓下那隻豬腦袋的。但是，好人，叫我做你，就不會搬這樣一次家的。因為，別人看來要懷疑你的。你可以想像得到，你的照片在報上出現的時候，下面附著的一行印一些什麼——『許桃蘭太太，警方宣稱在她得知北富德太太死亡後，立即用假名搬遷了一個公寓。許桃蘭太太在北太太尚活著時，即與北富德有曖昧關係。』」

白莎把菸灰彈入一只菸灰缸。

許桃蘭太太突然看起來要哭了。

「你——你想知道些什麼？」

「你能告訴我些什麼？」

「沒什麼可說的。」

「很好。」白莎熱誠地同意她說：「記者最喜歡你會如此態度。繼續你這種似哭尚未哭的樣子，什麼也不說，然後他們會另外照張相，在下面加上一句：把北富德送上死刑台的女郎說：『沒什麼可說的。』」

許桃蘭突然坐直道：「你在說什麼，我怎麼會把北富德送上死刑台？」

白莎重重地吸一口菸，什麼也不說。

「北太太威脅要殺掉我。」許桃蘭突然把臉上可憐兮兮的樣子除去說。

「她死前多久威脅過你？」

「同一天。」

「你做了什麼，使她要殺了你？」

「什麼也沒有做。」

白莎道：「好人，假如我沒有表示有興趣，你不必怪我。這一套我們見得太多了。」

「這次是完全真的呀。」

「你怎麼會正好碰上她了？」白莎問。

「我沒有碰上她，她電話找到公寓來——老實說，這是為什麼我要換一間房間的原因。我希望她要有什麼行動的時候，她找不到我。」

柯白莎把臉低著看自己的菸頭，免得對方自她眼睛看出她心裡的興奮。

「這是她第一次用電話找你？」

「是的。」

「她說些什麼？」

「這是我聽到女人能說得出最惡毒、最毛骨悚然的話了。」

「我看現在有進步了，假如你老實一點，也許我可以在許多地方幫你忙。」

「幫什麼忙？」

白莎抬起頭來，和許桃蘭四目相對。「我們彼此先要瞭解，」她說：「對我自己有益的時候，我才幫助你。我是個偵探。我已經打聽這件事很久了。我知道很多事情。對你，這本來是一件毛骨悚然的事。對我嘛──家常便飯而已。你現在可以什麼都說出來，也可以什麼也不說。你說，我也說。你不說，我打電話報警。」

「你等於是逼我開口。」許桃蘭神經質地笑出聲來。

「我沒有這樣做。」白莎反唇說：「我說隨你的便。」

許桃蘭前後地想了一下。柯白莎讓她有足夠的時間。

「好吧，我願意講。」

白莎只是湊前把菸蒂捏熄了。

「柯太太，你也是女人，我可以向你說女人不能對男人說的話。我有一個朋友告訴我，女人要嫁第二嫁，才能真正快樂，可惜許多人連著兩次機會都不會把握。我的朋友是做礦的，他說好的礦其實是有大量中等值錢礦石的礦。他說，好的丈夫也如此，中等度的滿意，但是不斷的有快樂。他說許多女人花費全力去找大家心目中的金鋼鑽礦，——這種礦脈多半是一開即罄的。天下那有開採不完的好礦呢？」

「北富德是什麼礦？」白莎問：「金鋼鑽礦？」

「不是的。北富德是我快樂之礦。他是一座比一般中級礦石要好一點的礦。」

白莎點上另一支菸。

「我想再見他，」許桃蘭說：「幸而我來了。」

「這次你不會放過他了？」白莎問。

許桃蘭搖搖頭。從她眼中有了成熟的智慧。她說：「他變了。」

「什麼地方變了？」

「我告訴過你，他只是比一般中級礦石好一點點的礦，但是不知怎麼搞的，他竟自以為是十足的一座金鋼鑽礦了。他做超出他能力的事了，而且幾年來一直如此，所以他害了他自己。」

「我看你最好少用譬喻。」白莎道。

許桃蘭笑了。

白莎說：「看你，說出來之後輕鬆多了。現在可以談北太太了。」

「星期三早上，北太太打電話給我。她根本沒有給我開口說話的機會。機關槍一樣，她要說的話可能早已有計畫在心的。她說：『許太太，我對你非常清楚。不要想規避，也不要否認。你以為能把時間退回去，那是沒有辦法的。他是我的，反正我也不會讓出來的。我告訴你，我是危險得很的。必要時我會給你顏色看的。』」

「你有沒有說什麼呢？」許桃蘭停下的時候，白莎問。

「我想說，但是我有點怕，所以我說不出來。她反正也沒有要我說。她只是停一下吸一口氣。然後，使我真正怕她的話才說出來。她說；『我是一個做事十分徹底的女人。我屋子裡另外還有一個女人，假裝在這裡做傭人，在我背後就和我先生搞七捻三。你可以問問她好了，想占我的便宜，有什麼結果。』」

許桃蘭的嘴唇，因為顫抖，緊緊閉住，停止說話。

「只說了那麼多？」白莎問。

「話只有那麼多。接下來一大堆笑聲。笑聲怪異得很，一半神經質的，叫人毛骨悚然。你沒有聽到，你想像不出它的惡毒。」

「什麼人先把電話掛斷的，是你，還是她？」白莎問。

「她。」

「之後呢？」

「一時我不知道該做什麼事好。我慢慢覺得第一件事當然先應該把電話掛回去。我一直在發抖。」

「假如你真像你自己說得那麼無辜，」白莎道：「即使半夜敲門，也不該那麼吃驚呀。」

「柯太太，我和你說實話。北富德曾經給過我不少快樂，假如我當時決心和他廝守，我會看著他，不使他做太浮的生意。我知道他的長處，也知道他的缺點。」

「這和這件事有什麼關係？」白莎問。

「只是這樣，柯太太，我知道這是一個弱肉強食，勝者為王的世界。我決定再回來照顧北富德。

「我知道他已經結婚了，但是反正我一定要把他弄回來。」

「良心發現，嗯？」白莎問。

「可能吧。」

過了一下，白莎道：「當然，剛才你說那女人說的話，不過是你想到她說過的話。實際上和她說的是有一點出入的。」

「我幾乎完全照她說的每一個字，和前後次序學給你聽的。那些話像是刻在我腦子裡，錯不了的。」

柯白莎小心地選了一支香菸，慢慢點著，深吸一口，把煙吐入室內的空氣中。

「她說到那另外一位女人，她說發生什麼了？」

「是那怕人的笑聲——」

「別管那笑聲，她說另外那個女人怎麼啦？」白莎問。

「她說去問那位想在背後占她便宜的女人，有什麼結果——我之後看報，知道了那女傭死在她地下室了。」

柯白莎隨意地說：「你自己把自己弄得亂糟糟，是嗎？」

許桃蘭後悔地承認道：「誰說不是。」

「假如你把這個實況告訴大家，看起來你是有目的的在拆散北富德的家庭。要不是你把北太太逼得自殺了，再不然——」白莎停下來用責怪的眼神看著許桃蘭。

「再不然怎麼樣？」桃蘭問道。

「再不然就是你把她謀殺了。」

許桃蘭自椅中直直的坐起，她又吃驚，又生氣。「柯太太！你這是什麼話？」

白莎道：「名畫。假如你殺了她，你反正會這樣做作一下的。假如你沒有殺她，辯論也沒有用。我問你，你聽到她死了的時候，有沒有想到她可能是被謀殺的？」

許桃蘭直直地看著白莎看過來的眼光。「有。」她說。

白莎轉頭去看她自己手中裊裊在上升的煙霧。她說：「我倒有些後悔我來看你，聽你說你的遭遇了。」

「為什麼？」

「這種事我不能不告訴宓警官。而我現在又不想去看那個不通人情的人。」

白莎擔心地自椅子中站起來。「假如他是一座礦，每噸礦石目前值不了二十元。但是，假如一切照他的心意發展，他馬上會變成一個金鋼鑽礦。」

「柯太太，」許桃蘭說：「男人嘛，就只是男人，哪有沒有缺點的男人呢？」

已走出門的白莎轉回身來，仔細地看著許桃蘭。「你扮這個角色扮得真不錯。多愁善感，為自己未來幸福掙扎。我不管你是不是做作給我看的，你要認為我會真正相信你，我就去自殺給你看。」

第二十章 動機

白莎回到辦公室的時候，北富德正在她辦公室等她。他看到白莎進門，他就自椅子裡跳起來，在白莎能看清楚他是誰之前，他說：「柯太太，我是來道歉的。我要盡一切能力來補償我對你的不禮貌。」

白莎背靠著才跨進來的大門，用無言責怪的眼神看著他。

「你給我如此好的服務，」北富德道：「只是我自己不識貨，我現在自己走進了險境，我要和你談談。」

白莎猶豫著。

北富德——到底是一個好的推銷員，一下就說中了白莎的痛癢之處。「我不在乎要付你多少錢。」他說：「你說多少錢我都付你。」

白莎步向她自己的辦公室方向。她說：「進來吧。」

卜愛茜問道：「柯太太，你有什麼事要我做嗎？」

白莎看向自己手錶，突然想起，她說：「喔，是的，已經是星期六下午了。沒有了，愛茜。你可以回去了。」她又回頭看北富德道：「進來吧。」

北富德走進辦公室，擔憂地在一張椅子坐下。

「你有些什麼困難？」白莎道。

「完蛋了。」

「怎麼回事？」

「他們要用謀殺罪整我了。」

「有證據嗎？」

「證據！」北富德叫道：「我那寶貝丈母娘和小姨子，挖空心思在回想以前發生的每一件事——只要對我不利的，她們都想得出。你看那還了得。」

白莎只是坐在那裡不吭氣。

「還有。」北富德道：「還有那個宓警官拿去的神秘兮兮的第三封信。我一定要知道裡面說什麼。」

「為什麼？」

「因為這一定是在說我和什麼別的女人搞七捻三。」

「又如何？」

北富德沉默了一下，下定決心地說：「我一定要知道，這封信裡說到的女人是什麼人？」

「這樣，嗯？」白莎說。

「別誤解，柯太太。」

「我怎麼會誤解。」

「我不是這個意思。」

「你把你意思說出來聽聽。」

「我只是想知道別人說我些什麼。」

柯白莎一面想，一面點上一支菸。「會有什麼問題？」

「還有什麼問題，這還不夠呀。」

白莎不吭氣。

「反正，」北富德說：「他們指控我有燒掉我太太的遺囑。老天，我根本不可能有這種想法。當初我把所有一切歸入我太太名下時，我太太同時寫了一張遺囑，把她所有財產以我為繼承人。現在她們說她有張新遺囑。我大吃一驚。她會另立遺囑一事，從來我都沒有想到過。我當然認為她有三長兩短，一切財產都歸我的。」

「那豈不太糟了。」

「怎麼說？」

「這是你要殺她的動機呀。」

北富德倒吸一口冷氣道：「冤人就是如此冤法的。假如我說我知道她已另立新遺囑，他們會說我把新遺囑燒了；假如我說我不知道另外有新遺囑，於是我就有了殺人動機了。說我為了財產殺死了梅寶。」

白莎道。「也許他們會說你殺死了梅寶，然後發現了新遺囑，於是把它燒掉了。」

「這正是他們假想我已經做的。」

「你做了沒有呢？」

「當然沒有！」

「你和南先生的這件公案，發展到什麼程度了？」

「柯太太，這就是我來抱歉的一件主因。假如我放手讓你去做，這件事可能已經結了。但是，我犯了生氣的老毛病，我把這件事交給了一個律師。」

「變成什麼樣了？」

「什麼都不對了。律師聯絡姓南的，姓南的今天早上到我律師的辦公室。早先在昨天晚上，梅寶的屍體發現後，我就聯絡那律師，但一直聯絡不上。他家裡說他出城去了。我後來才知道，他是在家的。他太太在招待一批客人。他們故意叫女傭對所有來電都說不在家。」

「今天早上呢？」白莎問。

「今天早上，我們在律師辦公室見面。姓南的腋下帶了一份報紙，不過還沒有看過——甚至還沒有翻過。我急著想把這件事解決。混帳律師慢吞吞，一點不急，咬文嚼字，一句句地在研究協約怎麼寫，將來兩方沒有糾葛。弄得姓南的也不耐煩起來。他向椅子一靠，雙腿一翹，點了支菸，打開報紙要看報了。我試著通知這鬼律師，但是他正選了一本判例書，在找一件類似的案子——為我好，當然。他不要我付了錢，以後案子沒有完全了妥。」

「又發生什麼了？」白莎有興趣地問。

「姓南的翻過第一版，在第二版上頭條新聞就是梅寶的屍體被發現。」

「他怎麼樣？」

「他的反應，你想也想得出。他站起來，蠻有禮貌地向律師笑一笑，告訴他不必花時間推敲協約的內容了。他說，經過考慮，除非照當初判決條例全數照付，外加利息和訴訟費用之外，他不會作其他讓步的。要知道，他現在知道梅寶死了，梅寶的財產應該全部歸我了，他只要一狀告到法院，法院就可以假執行，除非我照他要求的還他，否則梅寶的遺產我一毛也用不到。」

「這下難搞了。」

「一下子我損失了一萬九千元。等他把利息算出來，還不止這個數。」

「真衰運。」白莎同情地說。她打開辦公桌抽屜，雙目看著北富德，她自抽屜拿出那個取自北富德留在理髮店大衣口袋裡的眼鏡盒。她把眼鏡盒放在辦公桌，正好在北富德鼻子下面的桌面上。

顯然的，北富德一點也沒有注意到她是在幹什麼。

「柯太太，要知道，我需要你。我需要你那種主動，和有決心的性格。我需要你的智慧，你的辦事能力。所以——」

關著的門，響起敲門聲。

「老天！」白莎道：「我忘了叫愛茜先把前門鎖上。她回家了，一定是別的客戶——」

「告訴他你正忙著，」北富德說：「就說你一點空也沒有。柯太太，你這一段時間我包下來。這次我真的有錢了。我可以付你不論你——」

柯白莎自她咯咯會叫的迴轉椅上站起來，走過去向著門吼道：「我正忙著。辦公室已經打烊了。今天週末，我們下午不辦公。什麼人也不見。」

門把手在旋轉。門被推開。「喔，不辦公嗎？」宓善樓警官的聲音說。

白莎用全身的重力推向辦公室的門。「滾出去，不要進來。」

宓警官自開了一條縫的辦公室門，已經看到了北富德驚慌的臉色了。他說：「少來這一套，白莎，我要進來。」

白莎生氣地說：「去你的。」把門又推上一吋。

宓警官在門的另一面，加強了他的推力，白莎全身的重力加上吃奶力氣，也難以抵禦。

「來呀！幫我忙呀！」她向北富德求救。

北富德沒有動靜。顯然的是嚇壞了，不敢行動。

宓善樓警官把門推開。

白莎瞪了眼說：「這是我私人辦公室，你不能隨便闖進來。」

「我知道，白莎。」宓善樓和氣地說：「但是我既然進來了，不帶走你的客戶，我是不會出去的。」

「不行！你管你一個人立即給我滾出去。」白莎大喊道：「我和這位我的當事人還有話要談。我有權在我自己辦公室接見客戶，你要有什麼事找我的客戶，可以在走廊裡等。你——」

「抱歉，白莎。」宓善樓說：「哪裡我也不會去等。我有一張逮捕北富德的逮捕狀。罪名是第一級謀殺。」

北富德想自椅子中站起來，但是他兩膝太軟了，拒絕執行腦子的命令。他喉嚨裡嘀咕著，不知道在說什麼。

白莎生氣地說：「不論怎麼說，你給我出去五分鐘。北富德正準備雇用我。我正在和他討論他要花多少錢，才能雇用我的服務。」

宓善樓沒有動。

「五分鐘就好。」白莎請求道：「這是我的飯票，不收鈔票，我吃什麼？」

宓善樓向白莎笑笑。「好吧，白莎，你一直對我不錯。你——」他的眼睛看到了桌上的眼鏡盒。

「這是什麼？」他好奇地問道。

白莎造成的大錯，是一把就把它搶過來。宓警官的大毛手，一把抓住她的手腕。他從她手中把眼鏡盒拿了下來。

暴怒的白莎轉過桌子的一側，想把盒子搶回來。但是她沒有走到一半，宓善樓已經把眼鏡盒子打開。

活動的假牙，白色是白色，金色是金色，相互輝耀。

「豈有此理！」宓善樓不相信自己眼睛，輕聲，幾乎只有他自己聽得到地說。

北富德瞪出一雙大眼，看著眼鏡盒，大叫道：「老天！你不能這樣對付我！我是被人陷害的。我知道谷太太和她女兒佳露來這裡看過她，但是我不知道她會用這方法來出賣我。我告訴你，我對這玩意兒一點也不知情。」

「我——」宓善樓用單調的聲音說：「也弄不清楚了。」他看向柯白莎，問道：「這玩意兒從哪裡來的，白莎？」

白莎想說什麼，突然把嘴閉緊。她什麼也不開口。

「你說呀！」宓善樓道。

白莎說：「你給我那五分鐘。之後我才肯講。」

宓善樓現在露出牙齒來，是冷笑。沒有一點善意的。「現在你沒有什麼五分鐘，一分鐘也沒有了。白莎，你自己也完蛋了。」

北富德喊道：「我也不要和她單獨在一起。她是個出賣自己雇主的人。她想陷害我。」

宓善樓就用白莎桌上的電話接警察總局。他向電話說：「我是宓善樓。我在柯賴二氏偵探社裡。北富德在這裡。我現在帶他進來，要先關起來——。一位柯白莎也在這裡，不要關起來——不過先要把北富德關起來之後，我還要問柯白莎話。你們趕快派個人過來，我要這個人看住柯白莎，直到我回來。我不要她見任何人，而且我有空要問她話的時候，要她立刻能回答我。」

宓警官把電話放下。他把手移向自己皮帶，叮噹地拿下一副手銬。

北富德驚嚇地問：「你要用這個嗎？」

宓善樓已經不再笑了。「你真他媽問對了。」他說：「假如我認為你還有一點天良，我可能不會用這個對付你的。」

第廿一章　女同謀

時間在柯白莎辦公室的掛鐘上無所事事地溜走。宓警官派來看住柯白莎的是一個沉默寡言的大個子，他讀報紙，用一把截紙刀修指甲，默默地吸菸，就是不肯交際耍嘴皮子。他對這辦公室曾發生的一切，一點興趣也沒有。

整個下午，白莎曾用不少藉口，想讓他開口，每次都被有禮、簡單的短句所阻斷。起先，白莎用的方法是宣稱自己有權通知自己的律師。「我看你這樣稱得上妨害自由了。」白莎說：「我有權和我律師通一通電話的。」

「電話不是在這裡嗎？」

「你不反對？」

「警官說你要公事公辦，我們也公事公辦。」

「什麼意思？」

「我們就把你帶回總局，以事後共犯名義收押你。到時，你要請多少律師都可以。」

「但是，你不能一直把我留在辦公室呀。」

「當然不會的。」

「我有權想走就走。你不能留住我。」

「是的。」

「那麼，為什麼不准我離開？」

「沒有呀！」

「好，那我就走給你看。」

「可以，」他說：「不過宓警官有過明確指示，你只要跨出辦公室一步，我就逮捕你，把你送去總局。」

白莎怒氣地說：「為什麼？」

「宓警官只是想保護你，」那警官說：「沒別的意思。他怕現在逮捕你了，你名字上報了，你私家偵探生涯也完了。警官是在幫你忙。」

「你們要關我在這裡多久？」

「看宓警官怎麼說。」

「宓警官什麼時候會『說』？」

「辦完他現在在辦的事之後。」

有兩次，白莎說要去洗手間。警官默默同意，跟了她走到走廊中的女洗手間門口，就在門口等，等她出來，又跟她到辦公室。

白莎找了一些辦公室的工作做。寫了兩封私人信，勉力自己裝出沒有被嚇僵的樣子。

六點鐘的時候，警官打電話到就近的小餐廳，要他們送咖啡和三明治上來。白莎把三明治吃完，把半熱不燙，溫溫的咖啡喝掉。「這也能飽肚子？」她說。兩個人沒有因為這件事起爭論，因為警官說：「我也覺得像沒吃飯一樣。」

七點鐘的時候，電話鈴響。

「我來接，」警官說：「哈囉……是的……是警官……好的……OK……我懂了……嗯哼……多久？……好，再見。」

他把話機放上。

白莎盡力把恐懼藏在眼後。她裝出希望一切已解決的樣子，看向警官。

「還沒解決。」警衛說道：「那傢伙不肯承認。警官要我再在這裡守一個小時。假如事情沒有解決，我們只能把你帶去總局收押你。抱歉。我們給過你一切機會了。」

「給我機會！」白莎揶揄地大叫。

「我是這樣說的。」

「我也聽清楚了。」

「你聽清楚了，但是你沒懂我的意思。」

僵局就如此維持了半個小時。然後那警官漸漸鬆弛下來。他說：「星期六的下午，我還不是本來有半天應該休息休息。你硬以為我們在整你，我自己還不是也被別人整在裡面。說起來，你是在整我。」

「我又沒叫你留在這裡。你可以走你的呀。」白莎道。

他笑笑道：「那個姓北的傢伙，好像有兩把刷子。」

白莎不吭氣。

「那最後一封匿名信，的確等於打了宓警官一巴掌。我相信你也鬆了一口氣。」

柯白莎拿起一支鉛筆，開始在拍紙簿上亂畫無意義的圖形，免得對方自她眼睛中看出她心中的渴望。她不經意地說：「你說的是第三封信？」

「嗯哼。那封把彭茵夢牽進這蹚渾水去的信。」

白莎說：「這個小——可敬的年輕東西。」她又轉變為不在意地說：「那封信，我只在宓警官把它搶去前匆匆地看了一下。」

「把彭茵夢拖下水，弄得她昏頭轉向是沒問題的。」警官說。

「她在告我，要我十萬元。這個小——可敬的年輕女士。」

警官把頭向後一仰。「她有什麼混蛋地方，值得你一再可敬呢？」

「我的律師說她可敬。」

「原來如此。」

白莎道：「據我看，那最後一封信是含含糊糊的。裡面並沒有什麼你可以稱為具體證據的。」

「一起在一個旅社登記，」那警官說。「我再也看不出有比這，更具體的了——嗨，這裡冷起來了，我有點抖了。」

「星期六下午，大樓的暖氣不開的。」

「嘿！真希望有什麼酒喝一口。」

白莎在拍紙簿上畫一個三角型。「我在衣帽櫃裡有一瓶蘇格蘭威士忌。」

「值班的時候說是不准喝酒的。」他說：「我有這個缺點，我可以一、兩個月不碰那種玩意兒，也可以喝一、兩口就不想再喝了。但是，有的時候，我一開始喝，就喝呀喝的沒有一個底。最後就完全控制不住自己喝過了頭。我就是因為這個，幾次升級沒有升成。要不是因為喝酒，誤了一、二次公事，否則我早升上去了。」

白莎兩隻眼睛始終沒有離開自己的鉛筆尖端。「那玩意兒我只有在真正疲倦的時候，才來上一口。有時太冷了，也用它暖和一下。我終覺得喝上一口比挨凍要好一點。萬一傷起風來，更划不來。」

「我也如此想。老姐，你要是正好有一瓶在這裡，你該把它拿出來。看你不像個小氣人。我相信喝了你的酒，你也不會多嘴的。」

白莎把酒拿出來，又拿了兩支酒杯。警官一口把他的一份喝了，又看向酒瓶。白莎連忙再給他倒上一杯，這一杯像了上一杯一樣，立即下了肚。

「你夠意思。」他稱讚白莎道。又看看酒瓶。「好酒。」

「是，最好的威士忌。」白莎同意道。

「老姐，你救了我的命。我差點著涼了。」

「也許你真感冒了。不必客氣，自己動手。這一瓶酒也不是我買的。一個客戶帶來慶祝一件案子辦成的。」

警官看向瓶子，他說：「不行，我從來不一個人喝悶酒的。我還沒有這樣大的癮。」

「我這不是也在喝酒嗎？」

「你還在品那第一杯酒。」

白莎把酒乾了，又倒出兩杯酒。

喝了酒的警衛變得多言，又通人情。他的名字是賈克，他深信宓警官對白莎不錯，正在給她一切機會不要受到傷害。他說白莎這下很糟，宓警官在保護她，希望能不把她拖進去。她曾經在盲人那件案子中幫過宓警官很大的忙。警官是很念舊的。不過這件案子白莎明顯混進去太深了。一切要看北富德肯不肯認罪了。假如北富德不把白莎牽進去，宓警官也不會節外生枝的。

白莎希望知道北富德有沒有招認了。

「我想他會的。」賈克說：「警官在電話中不能告訴我太多。不過他說他用了各種壓力。他說他希望午夜前能讓你自由。」

「午夜，還早得很哪。」白莎道。

「萬一他必須扣押你。不知有多少個午夜你要度過，才能自由呢。」賈克向她說。然後自動地快快言道：「好了，白莎，我也不是這個意思。不必擔心。宓警官會把你救出來的。你知道的。」

白莎又倒出另外一杯酒來。

過不了二十分鐘，威士忌酒瓶變成老握在賈克手上的東西了。他也忘了早先說的，一定要白莎和他一起喝酒了。他會幫白莎倒酒，但是他不停忙著給自己倒酒。白莎裝樣地也在喝酒。即使如此，也喝了他三分之一量的酒。

「真希望我也能像你一樣，慢慢地品這種好酒。」他說：「但是我喜歡乾杯。一次一杯，是我的脾氣。也不容易改。白莎，你是個好蛋。無怪宓警官喜歡你。看來，他們把暖氣又打開了，是嗎？我認為這裡好冷，但是現在熱起來了。只是有點悶。你感覺到了嗎？」

「還可以。」白莎說。她現在不怕對方看自己的眼睛了。她從桌子看向對面坐著的警官，眼睛水汪汪的，臉紅紅的。賈克把手伸進長褲口袋，把腿伸直，兩隻足踝交叉起來，整個人向椅子邊上縮下去一點。

「你也上夜班？」白莎問。

「經常。」

「上夜班能睡得著嗎？」

「習慣了哪裡都能睡，」賈克把眼睛瞇起，眼皮已經抬不起來了。「光線太亮不行。刺得人眼睛發炎。醫生說現代人都不肯給眼睛有合適的休息。」

白莎看著他，有如一隻貓在陰暗處看一隻在太陽光裡的小鳥。

賈克的頭點動了一、二次，下巴垂下來了，突然警覺地把眼睛打開。

白莎垂下眼來，繼續用鉛筆畫她的圖案。她發現不用圓規要畫幾個三角形的外接圓，還是不太容易的。耳朵中聽到呼呼聲，她抬起頭來，覺得自己也有醉意了，不過神智還是十分清楚的。

「宓善樓有沒有逮捕彭茵夢？」她問。

「沒有吧，怎麼啦？」

「想辦妥這樣一件謀殺，北富德一定得有一個女同謀。他一定得有一個女人打電話給他太太，騙她去那車庫。假如他和彭茵夢有一手，我相信彭茵夢就是那個我們要的女同謀。」

「喔！」賈克受了酒精的作用，熱心地反應道：「你的想法真上路。」

「而且我認為所有的這些匿名信都是這可惡的小騷蹄——可敬，都是這可敬的——小騷蹄子寫的。」

賈克不懂地說：「她為什麼要寫信控訴她自己呢？」

白莎突然有了新的概念。「當然是為了撇開別人對她自己的懷疑。在寄出信件之前，她已經知道北太太死了。她也知道，事情有一些意外，並沒有像她想像中那麼順利。她知道，這樣一封信可以轉移別人對她的懷疑。你看，目前在你們警察的心目中，她只是北富德的情人，而不是北富德的同謀。」

「喔——你可能——說的沒有錯。」賈克掙扎著想起來拿電話。「要告訴宓警官嗎？我來看——他電話幾號——得想一下。」

賈克把頭放在手上。把肘擱在桌上，集中腦力在想。

幾秒鐘後，白莎看到他寬大的肩頭一鬆，雙臂向左右一垮，上身平平趴在桌上，電話機被撞得幾乎摔在地上。白莎想扶他一把，但是他已經鼾聲大作，嘴裡呼出來的都是威士忌的味道。

白莎小心地把自己會咯咯叫的迴轉椅退後。她站起來，覺得自己也有點飄飄然。她用手輕輕地扶著桌子，站穩。用腳尖走向辦公室門。

在她背後賈克不安地移動一下，嘴裡咕嚕地在說什麼聽不懂的話，舌頭因為酒精作用，大得在嘴裡滾不過來。

白莎小心地把她私人辦公室門打開一條縫，慢慢地擠出去。她小心地把門帶上，捉住了門手，不使門鎖發出聲音來。

天已經全黑了。但仍有足夠亮光使她能經過接待室，不致撞到傢俱弄出聲音來。她摸索到辦公室大門門把手，走出走廊前，她還確定一下，把門鎖上了。

第廿二章　尋找線索

北富德的家，是一個典型的南加州，富有墨西哥味，附有車庫和地下室的平房。這房子尚有前後空地，在這一帶這已是不多的了。

白莎把車慢下來，四周觀察著。一路來的時候，她瘋狂地開了半小時的車程，為的是擺脫萬一有的跟蹤車輛。倒也不是她覺得會有人跟蹤她。而是她即將想做的事，不希望有人打擾了。

北富德的房子目前是全黑的，但是白莎無法確定裡面到底有沒有人。她把車停在路角，把燈熄了，引擎熄了，下車把車門鎖了，把鑰匙丟進皮包。她自己沿人行道走回來，走幾級階梯，來到北家大門口。她按門鈴。她等了十秒鐘，又按鈴，這次她按久一些。

門裡面沒有動靜。她試一下大門，大門是上鎖的，於是她繞著走到房子的後面。和房子在同一建築的車庫，門向前開，在房子西側，向後約退後二十呎。後門的步道在房子東側。

白莎沿了去後門的步道走，看到露出在地面的半窗，那是地下室採光、通氣用的高窗。就是在這地下室，冷莎莉的屍體曾經躺過。圍著房子走，白莎試每一個門和窗，所有門窗都是門上的。她繞回屋子前面，試車庫的門，車庫也是上鎖的。

白莎計窮了，再一次爬上門前的平台，把手充滿最後一個希望地伸進信箱。

她的手指尖摸到一支鑰匙。

白莎把鑰匙拿出來，插進大門鑰匙孔，大門門鎖打開。她把鑰匙放回信箱，把信箱關起，自己走進屋子去，把門自身後關上，確實聽清楚彈簧鎖「克力」一聲鎖上。

一心在想，小偷進入他人的屋子，第一件事應該是先看好一個出路，柯白莎自皮包中摸出一隻小手電筒，引導自己經過客廳、餐廳、備膳室和廚房。她在後門門上發現鑰匙就在匙孔上。她把後門鎖打開，仍讓後門關著。自己開始觀看房裡的一切。

白莎一向自稱，只要她走進房子，繞一圈，就可以知道一點住在房子裡人的情況。她感到整幢房子現在都動盪不安。她不知道這起因於什麼，還是房子四壁對住客心理的反射，還是母女對女婿、姊夫憎恨的迴響，還是先入為主知道冷莎莉死在這裡地下室，還是北太太的靈魂回來歸煞了。

白莎心裡有一種奇怪的感覺，這房子風水不好，是房子本身有一種煞氣，迫使住在裡面的人心理和人格發生改變，因而發生了兇殺案，而房子現在正滿意地在等待，等待第二件兇殺案的再現。

即使像白莎那樣體壯又不信邪，還是打了一個大寒顫。「去你的，」白莎自己對自己說：「又不是個小女生，有什麼好怕的。我就不信這裡再變得出什麼花樣來。你已經倒楣倒足了，再不想辦法就要坐牢了，唯一希望是能在這裡找到什麼特別證據，否則宓警官不可能原諒的。」

她完成了這房子東側幾個房間的巡視後，通過一側門，發現門裡是兩側都有幾個房間的一條走道。右面有扇門通向另一過道，一面是一間臥室，另一面，是通車庫的門。白莎嗅到腐濕、發霉的味道。她的手電筒，在完全黑暗的雙車車庫巨大空間之中，發揮不出力量來，照不到什麼東西。一側靠牆，是工具和工具桌。各種工具雜亂堆置，顯然沒有內行在管理。這車庫也兼作房子中無合適位置放置雜物的堆積場——有一個老式木製衣箱，一件男人厚毛衣，一件油得發光的風衣，幾個紙盒子。垃圾已經很久未清理了，垃圾堆裡有舊的火星塞、廢電線、舊輪胎和輪胎蓋。

白莎退出車庫，把通車庫的門關上，開始看走道中其他房間。下一個房間，白莎認為是佳露的臥房。房裡掛著幾張年輕男人的海報，房中飄著化妝品的香味。房內的浴廁有一個小體重計，洗手池上玻璃架上有沐浴精等雜物。

白莎試看下一個房間。這裡正是她要的。這是朝向屋前，以一個浴廁相聯的兩個臥房，都用多節的松木做裝飾。近端的房間明顯是男主人北富德的臥房。向裡的一間，自然是女主人北太太的。白莎的目的是北梅寶的臥室。

柯白莎匆匆地瀏覽一下房中擺設後，立即走向衣櫃，仔細地看櫃裡掛著的衣服，她要找一件只有女人才不會忽視，而在男性偵探言來，不可能看到它重要性的證物。

宓警官在案子開始的時候曾經說過，這件案子每一點都指向一個男人。冷莎莉當時正用一把十吋長的利刀在削洋芋的皮。梅寶看起來像是因為殺了人要逃走，但是，一衣櫃好的衣服她一件也沒有拿，只帶了幾件普通衣服，連化妝品也沒帶一件？

不論是什麼人，替她假裝整理出要帶走東西的，一定會有疏忽，留下什麼線索。也許，就在屋子裡，什麼地方，暫藏著個箱子，裡面是假想中要給梅寶帶走的東西。

柯白莎彎身檢查梅寶衣櫃，用手電筒光照向衣櫃的角落。手電筒光在近距離、密封的衣櫃中，效率還是很好的，沒有什麼已整理好的箱子。木製靠牆的衣櫃底上有堆木屑。白莎皺起眉頭，伸手用拇指和中指撿起一些，在兩隻手指中看一下，搓一下。木屑是松木，成螺旋的。在兩隻手指一搓下變成有松木香味的淡黃粉末，這是新自木板上鑽下的木屑。

白莎自這些木屑，幾乎可以說出鑽出這木屑的螺旋鑽是多大口徑的。

但是，衣櫃裡沒有孔洞。

白莎一吋一吋用她的手電筒查衣櫃四周的木板。櫃底、櫃壁、天花板、衣櫃裡就是沒有一個洞。

「豈有此理，」她自己對自己咕嚕道：「賴唐諾在這裡就好了。這小子有頭腦！我現在越陷越深。再找不出什麼特別花招，我是死定了。衣櫃角上，有這麼一堆鑽下的木屑，意會著什麼呢？有人鑽了一個洞，但又使洞消失了。洞能補起來看不到嗎——會嗎？還是真有這個可能？」

白莎又一次使用手電筒出擊，忙上忙下，用手用眼檢查衣櫃內的每一吋地方。

她太專心於她發現的難題，因而忘了她周圍的險境了。房間裡，什麼地方，突然發生一下門被碰上的聲音，聽在她耳朵裡，有如一下點四五口徑手槍的爆擊聲。

突然回到現實，又驚恐於目前自己的窘狀，柯白莎停住在趴著的位置，側耳細聽。

她聽到清楚的腳步聲，較不清楚女人說話聲——然後什麼聲音也沒有了。

白莎慶幸自己有先見之明，準備了後門的脫逃路線。她輕輕站起來，踮足站在床邊再靜聽一下。現在聲音清楚一些了。進門的人進了廚房。她聽到餐碟碰到另外一只餐碟的聲音，又聽到廚櫃關門的聲音。

多半是谷太太和谷佳露回來，在廚房裡準備消夜呢。

白莎放棄用後門作脫逃路線的計畫。她想起前門，但是又發現走過那條長走道實在太危險。於是想起了車庫，又想到女傭房及通車庫的短通道。她決定試一下。

白莎把鞋子脫了，夾在膝下，打開房門，走上走道。現在廚房裡的聲音聽來更響了。她清楚地聽到一隻貓「喵嗚」地叫了一聲。

原來如此，她們是在餵貓。

白莎聽到有人打開冰箱，又關上冰箱，然後是佳露的聲音，聲音非常清楚，她說：「媽媽，我告訴你，這些謀殺案，他們都會推在北富德身上，要他認罪的。他活該，我會幫他們忙的。吊死他，還便宜他呢。」

白莎希望聽到谷太太怎麼回答，但是她沒有回答她。

白莎把手扶住牆壁，慢慢的前進，就怕弄出一點聲音來。現在的處境已經十分危難了，好像一切出路都已被封鎖了，但是，在這走道中被捉住的話，真是要死路一條了。

佳露說：「我個人對貓沒有好感。這一隻早晚我都要丟掉。牠從來沒對我親近過。我要去弄點潤膚油擦擦手。每次碰了這隻貓，手上都有味道。」

突然，在白莎尚未來得及警覺過來，廚房門的門把手一轉，一條光線自半開的廚房門射向走道。

白莎把手電筒交到左手，左腋下尚還夾著那隻鞋，她把身子站直，先做出了一付正經八拉的官式化姿態來。但是，不知為什麼，佳露並沒有立即出來去找擦手的潤膚油。她顯然是一下又改變意見了。白莎聽到她又離開門的方向回進廚房。經過半開的廚房門，白莎現在可以聽到「啪噠，啪噠，啪噠——」貓舌頭在舔盆子裡牛奶的聲音。

現在已經沒時間來猶豫了。柯白莎儘量小心不做出聲音，但是快步的走向車庫方向。她把門自身後關上，車庫裡黑暗、霉濕的環境使她反而安心了很多。她在一個木箱上坐下，想穿上鞋子。過份的神經緊張，她雙手仍發抖。她不敢打開手電筒，所以一切都在黑暗中進行。她在生自己的氣，運氣不好，時間不夠，腦袋也不夠靈活。

鞋子穿好，白莎走兩步走向車庫的大門。她突然停下來，車庫的一角有一種特別的光線輻射出來。牆上用釘子掛一個銅製圓形的氣壓計，光線是從這背後射出來的。白莎小心地把氣壓計移下，牆上有一個整齊的圓形小洞，直徑大約有一英吋。

經過這個小洞，光自牆壁另一側射過來。白莎向小洞窺視過去，什麼也看不到，有一層薄紙擋在洞的另外一方。

這時，好奇心的驅使。白莎已經忘了自身的安危。長時間的偵探天性促使她要研究個究竟。顯然是有人在用這車庫要窺視屋子的內部。那亮光來處應該是梅寶臥室的樣子。白莎自工具堆裡找到一支細長的起子。她輕輕把起子塞進洞去。起子在壁的另一面碰到了輕輕的抗力。白莎試了一下，另一面一定是一張單頁的年曆，掛在梅寶臥室的牆上，把這個洞遮蓋起來。假如她能把這年曆用起子撥開。她就能看到梅寶臥室的情況了。一定是有人利用這個洞做北太太的情報。所以，要把年曆移開一邊，一定不會太困難。有危險被發現的時候，只要把起子收回來，年曆自會回覆到原來位置蓋住小洞的。

白莎小心地頂著年曆把起子移向一側。年曆移動，而且滑到起子的一側。白莎聽到梅寶房門打開，又關上的聲音，她用只有自己才聽得到的聲音，吹了一下口哨。

白莎的好奇心已經積聚到了極點了。她把起子移向相當大一個洞的一側，儘量靠向牆上。把眼睛湊向現在已經沒有東西擋住視線的洞口。

她可以看到北太太臥室的一大部分，看到佳露坐在北太太梳妝台鏡子的前面。雙手在互搓著潤膚油，看著自己鏡子中躊躇滿志的表情。

白莎在看到佳露打開北太太梳妝台一塊翻板，向內摸的時候，看得更為出神了。鏡中反映出佳露的勝利表情，好像是一路領先的拳師，準備對對手最後一擊似的。

佳露拿出一支電話，在電話上快快撥了三次，她說：「詢問台，請找一下一位南喬其的住宅電話號碼。我不知道他的地址。」停了一下，她說：「謝謝。」

她掛上電話，白莎聽到她有效率地撥了一個當地電話。又聽到她說：「哈囉……哈囉……是南先生嗎……南先生，我沒有當面見過你，但是我姓谷，是谷佳露……對，是北太太的妹妹……是的……我發現一些非常特別的證據。我想你也許會很有興趣和我會面。是有關北太太被謀殺的事的。是，我說是謀殺，南先生……我知道你急須錢用，我姐姐一死，你似乎得到不少好處。你——」

白莎在鏡子中看著佳露的眼睛。佳露現在更自信了，眼睛也抬得高一點了。佳露換個姿勢，使自己坐得舒服一點。突然，白莎看到她眼睛中露出驚恐的表情。白莎不知道這是為什麼。然後，白莎看了一下鏡子，她知道了，佳露在鏡子中看到牆上年曆被伸出自小洞的起子推向一側，斜掛在那裡了。白莎自己知道自己太大意了，這樣長一條繩子，掛下這樣長長一張年曆，要是一斜的話，任誰在房裡都會發現，逃不過一般眼睛。

「媽媽！」佳露大聲驚叫。

白莎忙亂地把起子一下鬆手。聽到起子掉落在臥室的地板上。年曆在對側回到垂直的角度。柯白莎轉身——

像是天上隕石一下壓上她的頭，隨後隕石向各個方向爆開，眼前金星直冒。有一件極冷的東西敷上白莎的臉頰，就留在上面沒有移開，白莎的理智遠遠的，幻幻的，在告訴白莎，那是車庫的水泥地面。

第廿三章　謀殺案的證據

白莎神智還未恢復清楚之前，先對聲音發生了反應。說話的聲音不斷刺激她，她勉強自己要先懂這聲音的意義。睡在那裡，腦袋一陣陣發痛，白莎聽到「謀殺」，漸漸她知道，謀殺是陰謀殺人。

突然，一陣血流通過什麼地方，打開了茅塞，她都懂了，也清楚了。

白莎猛一下把眼睛張開，馬上立即又裝樣閉上，宓善樓，板著臉，正在和谷太太、佳露談話。顯然的，宓警官是剛才趕到現場的。白莎決定暫時裝著神智昏迷，免得宓警官逼她對這一切要立即解釋。

是佳露十分激動地在說話。她說：「……弄著頭髮，突然看到牆上年曆斜在那裡。是什麼東西把它推彎的。警官，這種事連瞎子恐怕也會看到的，太觸目了。我看過去，看到這玩意兒戳出在那裡。我起先以為是一支槍，我又看到一隻會轉動的眼珠。我大叫媽媽。我大叫的同時，那起子落進了房間。那時我才知道不是槍，是支起子。年曆也掉落在老地方了。

「媽媽在廚房餵梅寶的貓。她跑進來看是怎麼回事。還以為我瘋了。那是因為起子一落下來，年曆就歸回老地方的緣故。」

谷太太接著說：「好女兒，我怎麼會以為你瘋了呢？不過我知道一定發生了可怕的事。你臉色嚇得發白，兩隻眼睛楞著在看那支地上的起子，像是在看才咬過你的一條毒蛇。」

「反正，」佳露說：「我請我媽媽立即去車庫看一下。有人在車庫裡。我們二個同時跑上走道，媽媽在前。是她先看見這個男人。他彎身在看柯太太——當然，當時我並不知道昏在地上的是柯太太。那男人手中有一棍棒——白顏色的。看來像是用紙包好的白鐵水管。不過一開始我認為這是白紙包的一把刀。」

「那個男人見到你們怎麼辦？」宓善樓問。

「他抬頭，看到我們，威脅地舞動著手裡的武器，向我們走過來。」

「你見到他臉了？」

「沒有，車庫裡暗得很，只能見到體形。我可以告訴你他身材，但是看不見他的臉。媽媽也沒有看到。」

「是高瘦的還是——」

「不是，是普通高，我有一個印象，他穿著很講究，是個紳士。我不知道他在什麼地方使我有這種想法，也許是衣服很合身，也許是他動作不像粗人，反正——我這樣說，自己也覺得很笨。」

「沒什麼，沒什麼。」宓善樓道：「可能你講得很有價值。之後又如何？」

「這就差不多了，那個男人跑著經過我們。媽媽想阻止他，被他揍了一下。」

「就打在我的肚皮上。」谷太太生氣地說。「我反對佳露剛才說的話，這個人不像紳士。紳士怎麼會打女人。」

「他是用拳頭打的嗎？」宓善樓問。

「不是。」谷太太生氣地說：「好像是用棒子的一頭戳的。嚇都嚇死了，搞不清楚。」

「之後又如何？」

佳露說：「之後他經過走道，進了房子。我怕媽媽真受傷了，我以為他捅了她一刀。要知道，我一直以為這是一把刀。我一直問媽媽有沒有受傷，我們聽到後門碰上的聲音。」

「你們有沒有到後面去看看？」

「我是很怕，」谷太太說：「但是我更生氣。我們馬上趕到後門去看了。他是經過廚房逃出去的。貓在桌子上，眼睛又圓又大，牠的尾巴豎起，身體鼓得像隻汽球。」

「這隻貓對陌生人都是這德性嗎？」

「不是。這隻貓是十分友善的。」谷太太說：「後來我對佳露說過，從貓的樣子，好像貓認識這個人，而且在過往，和這個人有過什麼不愉快的經歷。也許這個人虐待過牠，牠在怕這個人。那隻貓豎起了所有的毛，是真的在怕。牠眼睛滾圓滾圓，也是怕的表示。」

「就好像這個男人是一隻追過牠的大狗。」佳露說。

「好，我們再研究一下，以免弄錯了。」宓善樓道：「你，大叫『媽媽』。柯太太立即就把起子脫了手。那份年曆也立即回復到了原來的位置，是嗎？」

「是的，而且幾乎同時，我聽到『碰！』的一下，好像車庫裡有什麼重的東西落到地上，我那個時候已經嚇得沒有時間去分析這是什麼聲音了，因為我一直以為從洞裡伸出來對著我的東西，是一支手槍。柯太太這樣嚇我，實在是不應該的。」

「嗯。在你們追到後門去回來之後，發現柯太太沒有死，只是被打昏了，所以你們打電話報警，是嗎？」

「是的。」

「你們說，房子裡進了小偷。是嗎？」

「是的。」

「你們應該說這裡有暴力侵害，警察會來得快一點的。」宓善樓稍有責怪地說。

「我們怎麼知道警察辦事還有快慢，而且當時亂了手腳。二個女人在家裡，嚇成一團。」

「這也是真的。」宓善樓說。

柯白莎現在自己知道，是睡在一張床上。她還是把眼睛閉著，心裡明白：佳露始終沒有提到她曾經用電話和南喬其聯絡。

谷太太說：「看來偵探都是老一套。偷偷摸摸打一個洞，來窺視別人的私生活，但是她這樣對我們——」

宓警官說：「我不太相信這個老鼠洞是她打的。」

「當然是她。高度正好供她這樣高低的人來偷看。由她來看，正合適。」

宓善樓道：「打這樣一個洞要工具，要時間。在車庫和臥房之間還有一道防火牆。當然，這個洞的高低可以提供我們打洞人的身高資料，但是，這個洞，一定要在這份年曆背後，也是洞打在這高度的原因之一。我認為這個原因還比身高原因重要。」

「真有趣！無論如何，柯太太在用這個洞是事實，你看我們該如何處置柯太太？該不該把她衣服脫了？我和佳露可以把她衣服脫了，讓她好過一點，該不該請個醫生來。」

「我會用電話請個醫生來，」宓善樓道：「不過我還要先在這裡看一下，瞭解多一點。假如醫生說她不宜移動，這裡怎麼樣？能讓她留一、二天嗎？」

「當然，那是沒有問題的。目前我們有一些不便，那就是我們目前沒有傭人了。但是她留下來我們沒問題，我們會招呼她的。其實，我們很喜歡她的直爽性格的。不知道為什麼她不喜歡我們。最後一次見到她時，我們希望她能做一次我們的證人，她乖戾得很。她好像認為我們應該賄賂她。」

「這個我最清楚。」宓善樓道：「好了，你們幫忙給車庫裡的警察去講一聲，是我叫他們去後門，在後門門把上採一下指紋。你們不要再去碰後門。事實上。你們最好不要碰屋子裡隨便什麼地方。」

柯白莎閉住眼睡在那裡。聽到窸窣的移動聲，聽到房門輕輕的關上。宓善樓說：「白莎，怎麼樣？頭還痛嗎？」

白莎感到這是個陷阱。她保持身體一動不動。宓善樓走過來，坐在床沿上。

「白莎，少耍這種花腔！早晚你總要面對現實的，倒不如早點見一下公婆。」

白莎還是不吭氣。

「我又不是笨人。」宓善樓有點不高興地說：「我不斷在鏡子裡看你的改變。我看到你張開眼睛，又快快閉上。我當然知道，那是因為你怕見我的面。」

白莎道：「可惡！留我點面子，會死呀！」

她張開眼睛，把手按向頭上，摸到黏黏的東西在頭髮上。「是血嗎？」她問。

宓善樓露齒道：「車庫地上的油漬。你現在真亂糟糟。」

白莎向四周看一下。她是在女傭房裡。睡在女傭床上。她掙扎著把自己坐起來。開始的時候房間一直在轉，然後她坐直後反而好了一點。

「感到怎麼樣？」宓善樓問。

「好極了。我看起來怎麼樣？」

宓善樓向一張梳妝台一指。白莎一轉頭，自鏡子裡見到自己的樣子。頭髮上黏了不少油滑的半流體，一塊塊塌在頭上。左頰側聞得到油膩的味道。眼睛死死的，有點翻白。「老天！」白莎道。

「正是如此。」

白莎面向他。「好吧，怎麼樣？」

宓警官不得已地說：「抱歉，白莎，我看你自己把路都走絕了。」

「怎麼會？」

「我知道你有事情在隱瞞著我。」宓善樓道：「我不知道你隱瞞的是什麼事，或有多嚴重。我沒有辦法叫北富德招供。所以，我一定要把重點移到你身上來。我知道逼供你是沒有用的。所以我打電話給你辦公室，指示那個看住你的警官，叫他和你喝點酒。告訴你，他有時是個酒鬼，叫他和你演一齣戲，看你會出什麼花樣。其實你一出辦公大樓的門，就有人跟蹤你了。」

「豈有此理！」白莎說：「我浪費我最好的威士忌來招待那隻猩猩，你現在來告訴我這是你安排的一齣戲！這瓶——」白莎氣得連話也說不出來了。

宓警官的唇邊掛上了笑容。「正是如此，白莎。」

「你混蛋！那瓶好酒，我是用來招待肯付鈔票的客戶的。」

「賈克也這樣說，他說這是十年以來我給他的最好差使。」

白莎搜腸挖肚地想找些詞彙來罵宓善樓，但是宓善樓先開口道：「我派了兩個人在你大樓前等著跟蹤你。」他的臉色一暗。「可惡的是，你把他們甩了。這兩個人現在回頭去做交通警察，在馬路當中打太極拳去了。」

白莎道：「這不公平，他們相當精的。我根本不知道有人在跟蹤我。我只是一路自己小心而已。」

「我相信你蠻小心的！他們說你像熱鍋上的跳蚤一樣，終於把他們甩掉了。好吧！你到了這裡，發現什麼了？」

白莎說：「我告訴你，你也不會相信的。」

「不見得。」宓善樓說：「至少我就不相信這個洞是你鑽的。再說，我相信這個洞是從臥室鑽向車庫的。假如是你鑽的，你會自車庫鑽進去，不會自臥室鑽出去——」

門鈴聲響起，宓警官停止他的說話。他聽了一下激動的女人說話聲音，他耐心地繼續說下去道：「白莎，你一定要告訴我有關北太太假牙的問題，還有這副牙橋又怎麼會到你手上去的。這是目前我們弄不清楚的問題。當他們做屍體解剖的時候，他們發現這女人應該有一副假牙，但是假牙不在屍體嘴裡。這不是一個重要線索，但也是個相關線索。但是假牙在你辦公室，在北太太眼鏡匣裡發現，就不同了。現在，我們要知道，這副假牙，你是哪裡弄來的？」

「假如我不告訴你呢？」

「那對你就太不利了，白莎。你自己混進了這件謀殺案去。假如證明你在一件謀殺案裡得到了證據，但是你不交出來給警方。你真的要糟。保證要糟。」

「假如我告訴你呢？」

宓善樓道：「困難就在這裡。白莎，你反正要糟。你不能有謀殺案的證據而不告訴警方。最近你們老有這個毛病。賴唐諾幹過幾回，不過給他七弄八弄跳過去了。他是靠運氣呀！早晚你們要倒楣的。你看，你也想用他的戰略，不是摔得鼻青臉腫嗎？你現在正是這樣。」

白莎倔強地說：「好吧，既然無論說不說，我都保不住吃飯的執照，我就死不開口，看你把我怎麼樣？」

「有一點可能我還沒有告訴你，」宓善樓澀澀地說：「你告訴我，我覺得你還有一點點道理，我吊銷你的執照，但是不剝削你的自由。但是你不說出來，我們把你關起來，起訴你是個事後共犯。」

白莎道：「我認為這假牙是個證據，但是我弄不清能證明什麼，所以正想弄弄清楚。」

宓善樓道：「我同意你這一點，白莎。我也想弄清楚。」

臥室的門突然打開。谷太太站在門口，她對宓善樓說，「抱歉，打擾了，見到柯太太醒了，真好。不過我們太高興了——佳露找到她自己真正的生母了。來。我來給你們介紹。這位是孔太太，這位是宓警官——這位嘛，」她怏怏地加上一句：「是柯太太。」

「宓警官，你好。喔，柯太太，我們見過。抱歉，聽說你不太舒服。」

孔太太自己倒像非常舒服的，非常有自信。白莎坐在床沿上，油濕了的頭髮，一塊塊塌向臉的一側。她搧著搧著自己的眼皮在看孔太太，但是她問佳露道：「那麼，是你親自主動找到她的囉？」

「不是的，」谷太太回答：「孔太太一直在想找到她的女兒。當然，以前是她自己放棄領養的。然後這件案子發生了，她自報上報導，不知憑那一點認為佳露就是當年失散的女兒。她來這裡，按鈴。我馬上就認出來了。我當時見到過她。當然，現在佳露大了，有兩個母親，也沒什麼關係了——」谷太太癟癟嘴，向警官和柯太太聳聳肩，攤攤手。

白莎突然向佳露吼道：「你為什麼一直沒有告訴宓警官，你打了一個電話給南喬其先生？」

「因為這和這件案子沒有關係呀。」佳露一本正經地說：「我只是打電話問問南先生，問他和北先生的民事官司，能不能兩不吃虧再研究一下。柯太太，這和車庫裡發生的一切有關連嗎？」

孔太太說：「真不巧，我大概選的來訪時間不太合適！我真抱歉，但是——」

「我只是希望把這裡最新的發展，讓宓警官也進入情況而已。」谷太太說，一面看宓警官有什麼表示。

宓善樓點點頭。「我看這兩件事也沒有太多的關連。只不過——」

「他奶奶的！」白莎突然脫口而出。一下把自己自床上跳起，站在地上。

「怎麼啦？」谷太太關心地問。

「怎麼啦！」白莎叫道：「我來給你看怎麼啦。」

她走到門旁，一下把門碰上，把門閂閂起來。

孔太太問：「這是什麼意思？」

「我來告訴你什麼意思！」白莎說：「事實上，我還可以告訴你，該怎麼做。你可以偷偷走到我後面，用一根棍子敲我的頭，然後溜走。不過，這一次不同，你只要動一動，我就給你看我有多兇，保證把你拆散，拆散到沒有人能把你拼湊回原來的樣子。」

谷太太向宓警官說：「你代表法律。你怎麼可以站在這裡，允許這種事發生？」

宓善樓將牙齒露出來，唯恐天下不亂地說：「我當然也不會去阻止這種事發生。」

佳露含蓄地說：「那頭上的一下子，一定把她打糊塗了。柯太太，你正在找一個不願多事的人的麻煩。」

柯白莎吼向佳露。「你給我閉嘴。你比你叫出來很早之前，就看到牆上年曆在動了。我在看得見臥室裡情況之前，就聽到過你和什麼人在說話。那一定是你叫你媽出去，要把我頭打開花。之後你們造出來一個什麼男人做的事。你那和南喬其的電話，只是裝裝樣的，目的當然是引開我注意力，集中精力聽你怎麼會和南喬其聯絡。所以，你才問一〇四，目的讓我知道你要打給什麼人。引我留在老地方讓你媽媽來打我——」

谷太太說：「我會告你亂開黃腔。我一生都沒有這樣受人污衊過。我——」

「少來這一套！」白莎說：「沒有打到你，就自己把罪往自己身上拉。我說佳露的媽媽，是指親娘，十月懷胎的親娘。」

孔太太把頭向後一仰，大聲笑出來道：「五分鐘之前，我真的十幾年沒有見到佳露了，上次見到她的時候，她還在包尿片呐。」

白莎說：「我在這方面不像賴唐諾那麼聰明，但是一棒子再打不出意見來，我還能做偵探？谷太太對你清楚得很，你也一直認識谷太太的。谷太太就是不要佳露知道這一段關係。谷太太給你一個限制，不准你接近佳露。但是事情有了突然變化了，你用一個沒有事先聯絡，突然來按門鈴的藉口，出現到這屋子來。嘿！這種事，事先不聯絡，自己到門口來按鈴，鬼也不會信。我不知道是你去找到佳露，還是佳露終於找到你了。多半是佳露找到你了——因為你一定有個協定，不能去找佳露的。假如要我來猜，谷太太一定有什麼你的把柄，你要去找佳露，谷太太就會把你的什麼醜事有證有據地給佳露看。這些證據，一定是放在一個盒子裡，藏在這房子什麼地方的。我們這位鬼頭鬼腦、親愛的佳露，急於知道自己媽媽是什麼人，找到了這個盒子，因為要找東西，她一定偷配了梅寶臥室的鑰匙。知道了這位孔太太是生母，她當然急著去找她了。孔太太怕女兒知道生母坐過牢——也許——但是女兒倒一點也不在乎。要知道，佳露知道北太太立有遺囑，所有財產歸北富德，所以谷太太一定要破產了。我們這個假慈悲、假道學、花慣了錢、見錢眼開的佳露，不會甘心就這樣放棄的。」

「你說什麼鬼？」佳露譏誚地說：「不過我不想阻止你，你想說什麼儘管說。你說完了我再來問你，你能證明多少？」

柯白莎問宓警官。「我還有道理嗎？」

「你說你的，白莎。是你把自己的頭頸儘量的向外在伸。等你發表完全文之後，你會需要一大堆律師來替你打民事譭謗官司。不過，就我個人而言，我倒是一個很欣賞你才能的聽眾。」

白莎道：「佳露把遺囑燒了。」

「是在北富德辦公室壁爐裡燒的嗎？」谷太太譏諷地問。

「是在北富德辦公室壁爐裡燒的。」白莎說：「而且，她做這件事的時候，我正好也在那裡。再說，宓警官，你自己也正好在那裡。」

「壁爐裡正好有東西在燒。我趕去要拆穿彭茵夢詭計的時候，正好壁爐裡有一些文件在燒。那時一陣的大亂。每個人都在看茵夢，佳露走進來，說是在外間沒有看到有人，所以自己進來了。你該記得，她移動位置，一度她背對著那個壁爐。同時壁爐裡又燒起了一陣新的火焰。」

「沒錯，白莎，這一點我當時也注意到了，只是一亂沒有再想起來。」宓善樓喊出聲道。

「血口噴人，沒這回事。」佳露喊道。

白莎說：「現在我都知道了。她在找到有關親生母親文件的時候，她也找到了梅寶的遺囑。遺囑說所有財產都遺贈給她的丈夫。假如梅寶沒有遺囑，已經公證全屬梅寶私人的財產，可能會分成二份。一半給丈夫，一半給媽媽。但是有了遺囑，丈夫得全部遺產。猜想北富德一定知道有這樣一張遺囑，是當然的事。因此，我們甜蜜的小佳露會做什麼呢——沒問題，她要她媽媽幫忙一起做，她取到遺囑，把遺囑上北富德名字挖掉，為的是萬一將來筆跡專家會真的神到把原文全弄出來，而後，她把遺囑帶在身上，要在一個將來可冤枉是北富德燒掉的地方，來把遺囑燒掉。這就是她來辦公室的本意。沒想到一切對她那麼有利，壁爐裡有火，而我們每一個人的精力，正都集中在彭茵夢身上。佳露移動到背對著壁爐的時候，把遺囑拋下去，等到合適的時候，說出梅寶會有一張遺囑，把錢留給谷太太。之後都是谷太太的戲，她們找了一個筆跡專家，去北富德辦公室，把灰燼弄出來照相。專家真不負所望，有辦法證明灰燼的最上面一頁，的確是北梅寶的遺囑。他沒有辦法把遺囑中條例重現，即使可以，遺囑的受益人還是找不出名字的，因為，我們聰明的佳露預防工作做得太好。」

佳露說：「媽媽，我沒有理由留在這裡聽這瘋女人的無稽之談。」

「當然不必。」孔太太接腔說：「依我看來，這女人的確是瘋了。」

宓善樓，腦子完全被某件事占用了，心不在焉地自背心口袋摸出一支雪茄。又自背心的下口袋摸出一支火柴。他把雪茄屁股用嘴咬掉。「我也認為白莎瘋了，」他承認道：「不過，後來她說到佳露背著壁爐，把遺囑拋進壁爐去。老天，一點也沒有錯。我清楚地記得，在她背後，有一陣新的火焰升起來。我當時以為她裙子起火了，心裡正在想我真倒楣，因為當時大家都在等候攤牌的時候，我不希望有一點點意外，使大家的注意力轉向。佳露，你拋進壁爐去的是什麼東西？」

「沒有！我看你也瘋了。」

宓善樓說：「這就對了。我知道你拋了什麼東西進壁爐。假如你有什麼合理的解釋，說出來，我會聽的。但是，你要是死咬著你沒有拋東西進——」

「喔！我記起來了。」佳露說：「我手上有封信，一張廣告的宣傳單在手上，我走進辦公室的時候，正好看到壁爐裡有火。我幾乎把這件事全忘記了。」

宓善樓自自己吐出的青煙中，露出牙齒，向佳露一笑道：「誰說你聰明，你中我計了。老妹，是不是你承認把廣告拋進壁爐了？」

「是的，不過是連那信封，我——」

「那麼，你們的筆跡專家怎會說，最後燒的一張文件是那張遺囑？你的廣告信應該在最上面呀！」

「我！」佳露恐懼得什麼也說不出來，她轉身，不是去看谷太太，而是看向她生母，孔太太。

孔太太很安定，有身價地說：「好女兒，我不會去和他們爭辯的。很明顯的，官員是向著這女人的，所以，我們告她譭謗，目前不會占便宜的。正確的方法是我們應該立即去找律師，由律師來決定怎樣告柯太太。我知道一個律師最喜歡接這一類案子。我們現在就去。叫他馬上告這位太太。」

宓善樓警官很佩服地看向孔太太。「避重就輕，顧左右言他，」他說：「你的本領不錯呀！我也聽得懂，你講了那麼多話，目的是叫寶貝女兒在見到律師之前，不要多開口。」

「見到律師之前，暫時不要控告別人譭謗人格。」孔太太溫溫地說。

「目的是一樣的，要先見律師。」宓善樓堅持地說。

「不見律師怎麼樣？坐在這裡再聽你們來污辱我們？」

「不必。」宓警官決斷地宣稱道：「我要你們統統去地方檢察官辦公室做筆錄。馬上就走，有什麼反對的沒有？」

「當然反對。我一生從來沒聽說過這種專橫的手段。」

「我也反對。」谷太太說：「我們先要見律師——」

宓警官看都不看她們，蹙起眉頭看向白莎。「這件謀殺案破得真辛苦。」他說：「你還有什麼事嗎？」

「牆壁上的洞，」白莎說：「是從臥室鑽向車庫去的。年曆也是從裡面掛在這個洞上的。起初我以為洞是用來偷看的，現在看來，這個洞另外還有一個主要用處。」

「什麼？」宓善樓問。

「我比不上唐諾。」白莎抱歉地說：「但是——」

「這我知道。」宓警官說：「但是你可愛的地方也是無人能及的。你說吧，對於那個臥室牆壁上的洞，你有什麼看法。」

白莎滿足地向他一笑。「我不是個機械匠。我的體型也不適合趴在地上檢查證據。但是你最好去看一下北太太汽車的排氣管，看排氣管外面有沒有新鮮的刮痕。

「我跟蹤的女人自屋子裡出來的時候，她手裡的貓在擺動牠的尾巴。貓要跟牠喜歡的人出去兜風的時候，不會做出這種狗的動作來的。貓在生氣的時候才豎起尾巴來搖。假如我跟蹤的真是北太太的話，這隻貓為什麼不跟著窒息呢？貓也該關在車庫裡，像北太太一樣呀！

「我告訴你，我還沒有來這裡準備跟蹤北太太之前，北太太就已經死了——所以，這個牆上的洞，就變成非常非常重要了。你倒自己想一想。」

宓善樓皺起眉頭，「豈有此理，白莎，這一次我又要讓你脫鉤了。有關你『違警』的事，我有權免究的。」

白莎長嘆一聲。「別以為我不感激你，早就知道你面惡心善，還是通人情的。」

第廿四章　獨當一面

柯白莎得意洋洋地把自己塞在卜愛茜辦公桌對面的椅子裡，「好了，」她高興地宣稱道：「今天是星期一的早上。全新一週的開始。」

卜愛茜點點頭。

白莎道：「你拿你的速記本，愛茜。我要你幫我寫封信給唐諾……親愛的唐諾：白莎才被混入世界上最渾帳的一件案子。我真希望你能在這裡幫我忙。這件案子幾乎把白莎拖垮了。但是正當山窮水盡的時候，白莎竟能衝出困境，以勝利姿態出現。

「宓警官，一如往昔，在白莎給了他最重要的線索後，全權接管本案。我看我還是從頭說起比較好——

「愛茜，怎麼樣，我唸得太快嗎？」

「不快，我趕得上。」愛茜說：「你僅管唸。你準備給他全部詳情嗎？」

「是的，我想他會喜歡，你看呢？」

「我想他當然會喜歡的。」

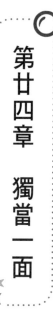

「好吧，我們來開始，我說到哪裡了？喔！是的，我在告訴他這件案子。好吧，速記開始，愛茜記下來。一個男人叫北富德的，把全部財產記在他太太名下。他的丈母娘有一個領養的妹妹——佳露。北太太和她媽媽盡力在使佳露不知道生母是什麼人。丈母娘，谷太太快破產了。她打電話給女兒梅寶，求幫忙。梅寶沒理她。佳露是個自私自利、鬼計多端的小娼婦。她的經濟來源全靠養母。她也恨死了梅寶。她生母孔太太知道這一切，但是因為她自己坐過牢，不想給女兒佳露知道，所以沒有來認。谷太太也知道這一點。」

白莎停下來。她問愛茜道：「太複雜一點吧？」

「不會，唐諾會懂的。」

「我也認為他會懂的。」柯白莎說：「我們繼續吧。孔太太現在很有錢，請了一位私家偵探叫做冷莎莉的，到北家做女傭人，以便隨時知道北家的一切。佳露，我已經說過，一直恨梅寶，恨得要命。她看到一個機會，可以除去梅寶，弄到一筆財富，找出她生母是什麼人，一石數鳥。唯一要做的是在梅寶睡覺的時候，把她送上西天。所以她在梅寶的臥室裡，鑽了一個洞在牆上。房子是墨西哥式，建材用的是多節松木板，鑽個洞不是件難事。她在車庫接了一個橡皮管，一頭接上北太太汽車的排氣管，一頭通進牆上的小孔，自己出去玩清晨的網球，以取得不在場證明。北太太是出名的睡懶覺的。她先生也習慣在上班前不去叫醒她。佳露回家當然看到她親愛的老姊死在床上了。取掉橡皮管花不了太多時間。她知道北太太關照過北先生，十一點鐘之前一定要把車子開出去，加飽油，如此梅寶可以開去車站接媽媽。當然。北富德不知道她準備去什麼地方。

「本來這是一個完整的計畫，但是半途出了錯。女傭莎莉不知怎麼也會在梅寶的房裡，也中了一氧化碳的毒，死了。也許是梅寶那天恰好把她叫進來有事。也許是莎莉找梅寶有事。也許她們在商量菜色，反正，原因是再也不會知道，因為兩個人都死了。

「當佳露回家的時候，她心裡很高興，雖然那天早上霧太厚，不能玩球，但是很多人可以做她不在場證明，因為她在球場混了很多時間。她回家發現什麼呢？不是一個屍體，是兩個屍體。她本來準備說梅寶是心臟病發作死的。但是兩個人同時無疾而終，太過份了一些。現在，她手上有兩個屍體，而北富德在一、兩個小時內隨時會回來。

「這時，佳露又學到一件重要的事情。一氧化碳中毒死的屍體，和心臟病的屍體，顏色不一樣。

「她慌了手腳。谷太太應該是上午十一點自舊金山到達洛杉磯。到時屍體有可能已經被人發現了。再說，要養母來掩飾她的謀殺罪，她也沒這個把握。在這之前，佳露一定聯絡過她的生母，知道生母的過去。一個坐過牢的人，多半不會再敢犯謀殺這種大罪。佳露假如事先邀她共謀，她一定不會鼓勵她去做的。不過，一旦女兒已經做了，出了毛病求她幫助，她會發揮母愛，補償過往沒有好好照顧女兒，盡一切力量救她的。尤其這樣一來，女兒在衡量生母及養母哪一位較重時，她會又占一點便宜了。

「反正，佳露一招呼，親媽媽就出馬。她匆匆來到北家，把屍體藏起，用打字機打封信，放在北富德會發現的地方。她能想像到，北富德一定會把信送到一個私家偵探那裡去的。北富德完全依照她們計畫做了。他來找我，要我跟蹤他太太。這是件容易的事。我從來沒有見過他太太。北富德也沒有等到他太太自屋子中出來，指給我看這是他太太。我只是像一般人一樣掉進這陷阱去，把自屋子中出來，穿北太太衣服，帶北太太寵貓，走進北太太車的女人，當成北太太。於是她們把我帶去了她們將來希望北太太屍體被發現的附近。

「那邊車庫主人是北太太認識的人，她知道屋主出門度假，至少有兩個禮拜不會回來。她們擺脫我，想把事情套在北富德身上，為了栽贓，她們把北太太的假牙拿下來，放在北富德眼鏡盒裡，放進他大衣口袋裡。孔太太使用北太太的打字機，寫了不少匿名信，第一封看似自郵局寄來的，實在是打字後故意拋在餐廳地上的。她們說服谷太太，對她長途電話中的真正主題不該說出來，應該改為梅寶告訴她，她收到一封匿名信。孔太太做成『北太太』在十一點鐘離開房子，為的是去見三封匿名信的寫信人。北富德又把大衣忘記在理髮店裡。孔太太急著要知道大衣哪裡去了，因為假牙的線索才是吃定北富德的致命傷。

「當然，孔太太經由她請的偵探冷莎莉，對北家內部事情一清二楚，更何況佳露再把一切補充完全起來，冷莎莉順便也在探查北富德，因為她認為北富德和他女秘書有染。事實上，這也沒有錯，冷莎莉還為了這個原因，約好北富德辦公室對面一個牙醫生，在牙科治療椅上躺了兩個鐘頭，結果給她發現了另外一個舊情復燃的許桃蘭。

「孔太太利用冷莎莉的報告，打電話給許小姐，自稱是北太太，訴說已經把冷莎莉殺了，恐嚇許小姐是她的第二個目標。其實，這時北太太和冷莎莉早就死了。她們期望許小姐會報警。但是許小姐公寓裡一個豬腦袋的管理員認為報警對許小姐不利，不但得不到保護，反而會有很多報上的不當宣傳，會影響許小姐名譽。所以，他出主張替許小姐換了一個公寓房間。害得白莎白費了不少牛勁。

「唐諾，親愛的，我將不會把所有一切細節囉唆給你聽。為這件案子，我越陷越深，左衝右突，掙扎著想殺出一條血路。現在看來雖然笨手笨腳；但結果還算滿意。白莎想念你以往能一切坦然處置，天塌下來還有長人先倒楣的味道。白莎不行，白莎生氣，白莎焦急，白莎抱怨，白莎受傷。不過最後白莎還是想通了。之後，宓善樓接手，在他手裡，她們豈還能不招？兩個年老女人不見律師死不開口，年輕的佳露怎會是宓善樓的對手？什麼都吐了出來。說出來叫你不信，佳露反而變了檢方的證人，轉頭來咬了她生母和養母，她就是那種狗養的女人！

「這件事後，世界上最渾蛋的事跟著發生了。叫你猜一百萬年，你也猜不到的。宓善樓說要娶我做他太太。真是昏了他的頭。起先我真想扯了嗓子大笑，不過現在我有點失措，不知怎麼辦才好。有的時候，他表現不錯的。何況，他內心對你欽佩萬分。唐諾，他認為你身上有一百磅腦子，我也相信。彭茵夢告我誹謗的事，也因為宓善樓的安排，撤銷了。他挖掘她的過去，發現這隻可敬的小騷蹄子以前動不動控告別人誹謗她，她在這一手上得過不少好處。另外，她和她老闆當然有不清不楚的事實。莎莉曾有證據報告過孔太太。孔太太在第三封匿名信裡提到過全部事實。那個假正經、假道學的爛污秘書！她竟敢告我，害我一定要去看律師研究對策。這賊律師趁火打劫，要了我二十五大元。事情解決後，我告訴他不需要任何對策了，他還是要二十五元照收。唐諾，白莎現在心軟了，因為最後我還是付了他兩元半。他可惡，他的建議一毛不值。

「回頭來，我還要告訴你宓善樓警官的事。他說我是他的福星。他喜歡我的勇氣、直爽，和做事的方法。他的求婚，我還在考慮。怎麼樣，愛茜？我快不快？」

卜愛茜抬頭，真心佩服地說：「你這幾天的確活動範圍很大，快手快腳是沒有問題的。」

「我在問你，我說得有沒有太快，你跟得上嗎？」白莎說。

「抱歉，」愛茜說。一面把鉛筆放回速記簿上，「我速記很快的，你儘管說下去。」

白莎想說什麼，然後突然停下來。「我想這已經夠了。」她說：「我們留一點讓他去動動腦筋，這樣也許不到假期結束他就要回來了。你可以在上面寫一個附記：北富德給我們的酬勞，是以他太太遺囑中所值百分比計算的……喔！去他的，你簡單點告訴他，這件案子收入不錯，可能所得稅徵收起來會要白莎的命！」

白莎用雙手把自己自椅子中撐起來，邁向自己私人辦公室。

「要是有什麼新客戶來，」她轉頭說道。「看老娘再獨當一面一次。」

相關精彩內容請見《新編賈氏妙探之9 約會的老地方》

新編賈氏妙探 之8 黑夜中的貓群

作者：賈德諾
譯者：周辛南
發行人：陳曉林
出版所：風雲時代出版股份有限公司
地址：10576台北市民生東路五段178號7樓之3
電話：(02) 2756-0949
傳真：(02) 2765-3799
執行主編：劉宇青
美術設計：吳宗潔
行銷企劃：林安莉
業務總監：張瑋鳳

出版日期：2023年3月 新修版一刷
版權授權：周辛南
ISBN：978-626-7153-82-6

風雲書網：http://www.eastbooks.com.tw
官方部落格：http://eastbooks.pixnet.net/blog
Facebook：http://www.facebook.com/h7560949
E-mail：h7560949@ms15.hinet.net
劃撥帳號：12043291
戶名：風雲時代出版股份有限公司

風雲發行所：33373桃園市龜山區公西村2鄰復興街304巷96號
電話：(03) 318-1378
傳真：(03) 318-1378
法律顧問：永然法律事務所 李永然律師
北辰著作權事務所 蕭雄淋律師

行政院新聞局局版台業字第3595號 營利事業統一編號22759935

定價：299元

國家圖書館出版品預行編目資料

新編賈氏妙探. 8, 黑夜中的貓群 / 賈德諾(Erle Stanley Gardner)著；周辛南譯. -- 臺北市：風雲時代出版股份有限公司, 2023.01 面； 公分

譯自：Cats prowl at night
ISBN 978-626-7153-82-6（平裝）

874.57 111019813